ÉCARTS

Collection dirigée par
Normand de Bellefeuille

Éditions Druide
1435, rue Saint-Alexandre, bureau 1040
Montréal (Québec) H3A 2G4

www.druide.com

JÉSUS, CASSANDRE ET LES DEMOISELLES

Catalogage avant publication de Bibliothèque et Archives nationales
du Québec et Bibliothèque et Archives Canada

Cornu, Emmanuelle, 1976-
Jésus, Cassandre et les demoiselles

ISBN 978-2-89711-004-8
I. Titre.

PS8605.O821J47 2012   C843'.6   C2012-941222-8
PS9605.O821J47 2012

Direction littéraire : Normand de Bellefeuille
Édition : Luc Roberge et Normand de Bellefeuille
Révision linguistique : Diane Martin
Assistance à la révision linguistique : Antidote HD
Maquette intérieure : Anne Tremblay
Mise en pages et versions numériques : Studio C1C4
Révision du montage : Isabelle Chartrand-Delorme
Conception graphique de la couverture : www.annetremblay.com
Tableau en couverture : Jacques Payette
Photographie de l'auteure : Maxyme G. Delisle
Diffusion : Druide informatique
Relations de presse : Mireille Bertrand

ISBN papier : 978-2-89711-004-8
ISBN PDF : 978-2-89711-006-2
ISBN EPUB : 978-2-89711-005-5

Éditions Druide inc.
1435, rue Saint-Alexandre, bureau 1040
Montréal (Québec) H3A 2G4
Téléphone : 514-484-4998

Dépôt légal : 3ᵉ trimestre 2012
Bibliothèque nationale du Québec
Bibliothèque nationale du Canada

Imprimé au Canada

Emmanuelle Cornu

JÉSUS, CASSANDRE ET LES DEMOISELLES

nouvelles

Druide

À Nathalie
ma fée, mon amour

TABLE DES MATIÈRES

CASSANDRE
ET LES DEMOISELLES

CASSANDRE ET LA CULTURE DES PRUNES

Il y a ceux qui se rongent les ongles, ceux qui se grattent les cicatrices, ceux qui s'épilent les sourcils et les poils du nez, ceux qui s'arrachent les cheveux un à un, ceux qui se font craquer les articulations, ceux qui s'éliment les dents sur leurs crayons, ceux qui se mordent les lèvres au sang, ceux qui se donnent des coups de poing sur les cuisses, ceux qui se gravent leurs initiales sur la peau, ceux qui se coincent les doigts sous le couvercle du pupitre et se mettent à rire.

Et il y a les autres, les plus discrets, ceux qui s'absentent de leur corps, ceux qui se concentrent jusqu'à la surchauffe, ceux qui se noient dans le travail, ceux qui entrent en eux-mêmes jusqu'à la catatonie, ceux qui sourient sans étincelle dans les yeux, ceux qui soutiennent votre regard jusqu'au malaise, ceux qui marchent les épaules voûtées, ceux qui se parlent doucement à eux-mêmes, ceux qui fixent le vide, la mort dans l'âme.

Cassandre est discrète.

Cassandre, elle, préfère s'abandonner à sa particularité à la tombée de la nuit, en toute intimité.

Cassandre cultive les prunes.

La culture de la prune requiert beaucoup de patience. Des calculs très précis. Une période essentielle d'essais

et d'erreurs. De la solitude. Un silence parfait. Un pied
de lit en bois. Une volonté de fer. Une serviette en cas
de fuite. Un certain temps de récupération.

Cassandre doit la grosseur et la couleur de ses prunes
à la qualité de ses chutes. Il faut bien sûr savoir où se
planter les pieds. Ensuite, fermer ses yeux, relâcher ses
muscles, s'incliner vers l'avant, se laisser tomber comme
un tronc d'arbre, faire confiance à l'attraction des corps,
accueillir le choc, visualiser la fêlure, s'étendre sur le lit
ou le tapis, sentir le sang affluer, résister à la tentation
de se tenir le front, laisser la douleur irradier, la prune
palpiter, croître, se colorer.

Garder sa bouche fermée.

Contrôler sa respiration.

Laisser l'obscurité faire son œuvre.

Rester discrète.

Oublier.

Lorsqu'elle est seule, Cassandre glisse parfois sa main
sous sa frange. Cassandre aime caresser la peau tendue
des prunes, appuyer sur leur sommet, les serrer entre
ses doigts. Cassandre sait mesurer leur fragilité. Cassandre se plaît à réveiller la douleur, à l'attiser, à jouer
avec elle. Cassandre sait refouler ses larmes. Cassandre
sait réprimer ses frissons. Cassandre sait maîtriser son
corps.

Cassandre est discrète.

Manon connaît bien Cassandre. Manon est coiffeuse.
Manon a déjà vu le front bosselé de Cassandre. Manon a
déjà vu les cicatrices, les ecchymoses violacées. Manon a
déjà croisé le regard de Cassandre. Manon lui a déjà lavé
les cheveux, taillé le toupet, rafraîchi la nuque.

Manon aime Cassandre. Cassandre est une bonne cliente. Cassandre écoute, Cassandre ne parle pas, Cassandre ne bouge pas, Cassandre ne rouspète pas, Cassandre est polie, Cassandre sourit, Cassandre garde les mains croisées, Cassandre sait être une grande fille. Les enfants sont toujours couverts de bosses. De bleus. D'éraflures. C'est l'âge. C'est normal. Ils bougent, prennent des risques et se blessent. Ils apprennent. C'est tout à fait sain. Cassandre aime Manon. Manon lui sourit toujours au moment de passer à la caisse. Manon lui souhaite toujours de passer une belle fin de journée. Manon l'aide toujours à mettre son manteau. Manon lui tient toujours la porte. Manon est gentille. Manon est discrète. Manon ne cultive pas les prunes.

Manon, elle, cultive le vide. La culture du vide requiert beaucoup de patience. Des calculs très précis. Une période essentielle d'essais et d'erreurs. De la solitude. Un sourire parfait. Des vêtements amples. Un talent de comédienne. Des tonnes de mensonges. Une motivation sans faille. Un désir de réussir.

Manon doit sa réussite à sa grande détermination. Manon sait, comme nulle autre, raffiner ses creux, éliminer la surcharge, sculpter sa silhouette à coup de purges et de laxatifs. Manon marche dans le droit chemin, elle en est convaincue. L'image projetée est essentielle, Manon correspond aux standards, elle n'aura jamais de

critiques, ne sera jamais montrée du doigt. Ses maux de
tête et ses étourdissements l'accompagnent dans sa croi-
sade et lui servent de balises.

Se contrôler.

Tout comptabiliser.

Tout expulser.

C'est le secret.

Du bonheur.

Il y a ceux qui ont S.O.S. écrit dans les yeux, ceux
qui offrent leur corps en pâture, ceux qui entrent en
eux-mêmes et en sortent fous, ceux qui abandonnent
la partie et s'offrent la mort en cadeau, ceux qui, déshu-
manisés, font subir leur sort aux autres, ceux qui s'in-
jectent du poison en guise de paradis, ceux qui fuient
leur souffrance et deviennent de bons chrétiens, ceux
qui obtiennent l'immunité diplomatique en devenant
parents, ceux qui se radicalisent et disséminent leur
haine sans chercher à comprendre.

Et il y a les discrets.

Ceux qui caressent leurs prunes en toute intimité.

Ceux qui se font vomir en toute impunité.

VINGT BÂTIMENTS DU CÔTÉ EST, VINGT-DEUX DU CÔTÉ OUEST

L'idée sera de changer les objets de place, de modifier l'environnement, de perturber l'ordre établi, de bousculer les convenances, de provoquer des réactions. L'objectif sera de les empêcher de tourner en rond, de s'asseoir sur leurs acquis, d'admettre leur état et de l'excuser. On commencera par les pots de fleurs. On frappera fort, dans la nuit du vendredi au samedi. Le champ d'expérimentation englobera tous les duplex, immeubles et maisons de la rue, c'est-à-dire vingt bâtiments du côté est, vingt-deux du côté ouest. Ce sera l'allée de tous les possibles. L'opération se fera dans le silence. Le plan d'action sera déterminé à l'avance. Chaque jardinière se verra attribuer une nouvelle destination. Les annuelles croiseront les vivaces, les amantes du soleil voisineront les dames de l'ombre. Un raz-de-marée de couleurs secouera l'avenue, la déséquilibrera, lui donnera un nouveau visage.

On boira ensuite du café jusqu'au petit matin. La rue se réveillera. Les portes s'ouvriront, une après l'autre. Les mains apparaîtront, se tendront vers leur journal, se figeront. À cet instant, à cette seconde, on oubliera de respirer. Il y aura, dans l'air, comme un flottement. On savourera.

Ce sera de courte durée. Après quelques rires gênés, quelques haussements d'épaules, quelques hypothèses échangées en toute vitesse, les jardinières reprendront le chemin inverse. L'événement sera qualifié de « cocasse », de « pas très malin », de « dépense d'énergie inutile », de « preuve que les jeunes sombrent vraiment dans le désœuvrement », et tombera dans l'oubli.

On aura prévu le coup. On les laissera macérer dans leur confort, leurs habitudes, leur petite, petite, petite vie, le temps de peaufiner la suite des choses. Fabriquer quarante-deux mangeoires adaptées aux galeries, rambardes, balustrades, clôtures, branches et réverbères demande une période de cogitation et d'exécution.

L'installation se fera maison par maison, dans la nuit du vendredi au samedi. Les numéros peints sur le flanc des mangeoires correspondront, bien sûr, aux adresses. On s'assurera qu'elles sont remplies à craquer. On veillera à ce qu'elles soient visibles, de l'intérieur comme de l'extérieur. On les fixera solidement.

On boira ensuite du café jusqu'au petit matin. La réaction sera fulgurante. Tout ce qui détonne est rapidement démasqué. La majorité des mangeoires seront donc décrochées et détruites, il faudra se débarrasser de ce cadeau intrusif et laid.

On patientera. On ouvrira l'œil. On assistera à un premier schisme. On se guidera à l'oreille. On notera les premiers pépiements. On saura qui n'a pas suivi le mouvement. On les épiera, souriant aux oiseaux. On les surprendra, la main dans le sac, désireux de garder leur mangeoire saturée.

Il ne faut pas réfléchir.

Pas établir de liens.

Pas comprendre.

Faire ou ne pas faire disparaître l'objet, ne pas s'embrouiller la tête avec ce dilemme. Qui dit complication dit implication, introspection, libération.

Il ne faut pas.

On enverra la lettre sans plus traîner. L'idée sera de confirmer leur rang, de cristalliser leur place sur terre, de leur offrir, sur un plateau, l'image qu'ils se font du paradis. L'objectif sera d'effectuer un tri définitif, de cueillir ceux qui passeront à travers les mailles du filet. Ils n'y verront que du feu.

On les regardera défiler, dans la soirée du vendredi au samedi, vêtus très *casual chic*, une bouteille à l'aisselle, le sourire coincé, le cœur battant, les bras chargés de petites bouchées et de fromages fins. Les élus, les privilégiés convergeront vers la plus grosse maison, la quarante-deuxième au bout à droite.

On attendra que la porte s'ouvre. Un visage se décomposera et se recomposera. On entendra une mouche voler. On fera des paris. On les gagnera tous. La pendaison de crémaillère aura lieu — même non prévue par le proprio, question de *standing*, question de savoir évaluer les retombées d'une telle réception.

On ne s'attardera pas. On aura d'autres chats à fouetter. On ira sonner à toutes les portes. On se présentera à la poignée qui n'a pas répondu à l'invitation.

On vérifiera s'ils ont conservé leur mangeoire. On éta-
blira des statistiques. On fraternisera. On boira du café
jusqu'au petit matin.

On se perfectionnera.

On s'attaquera à la rue suivante.

MADAME

Madame l'entrevoit dans la noirceur. S'avance doucement. Dépose ses paquets. Entend sa respiration. Se
penche. Touche sa peau. Retire sa main. L'essuie sur
son pantalon. Prend son cellulaire. Compose le 911.
Hésite.

N'appuie pas sur la touche «entrer».

Dirige la lumière de son téléphone vers la jeune
femme. Promène le faisceau sur son corps. Commence
par les pieds. S'arrête parfois pour contempler. Aveugle
la victime.

Observe le pyjama s'imbiber de sang. Admire les
reflets des éclats de verre. Contemple le corps fracassé,
les os en saillie, la poitrine qui se soulève par à-coups,
la peau qui bleuit sous le froid. Aperçoit la feuille
souillée, coincée dans la main gauche.

S'agenouille.

Délie un à un les doigts engourdis. Ignore les
gémissements. Éclaire le papier. Lit ce qui y est écrit.

*Je veux mourir. C'est ma décision. Ne m'aidez pas.
Ne me réanimez pas. Je veux mourir. C'est ma vie. C'est
ma mort. Je prends la porte. C'est le bon temps.*

Madame croise le regard de la jeune femme. Le
soutient. Voudrait y discerner un profond désespoir,

une souffrance incommensurable, une tristesse infinie. N'y rencontre que du soulagement. *Ma présence sur terre n'est plus nécessaire. J'ai raisonnablement vécu. Mon histoire se termine aujourd'hui. Laissez-moi cette liberté.* Madame se relève. Projette la lumière de son cellulaire sur le pare-brise pulvérisé, sur le capot déformé. Recule de quelques pas. Lève les yeux vers la fenêtre ouverte. Prend le temps d'apprécier la couleur des murs de l'appartement, la délicatesse des rideaux. S'imagine la chute sur fond de briques, le silence qui accompagne ces quelques secondes. Peut entendre la vitre exploser, le corps rebondir et s'écraser sur le sol. Écoute et réécoute cette succession de bruits, la raffine, l'améliore. *Je demande pardon à la personne qui me trouvera. Comprenez-moi. Oubliez-moi. C'est fini, pour moi.* Madame goûte à son plaisir une dernière fois. Regarde son téléphone. Appuie sur la touche «entrer».

MISTRESS SANDRA ET SA PETITE CULOTTE DE CUIR

Mistress Sandra est sublime dans sa petite culotte cent pour cent cuir. Elle arbore son attirail des grands jours, celui qui porte chance et lui procure un début de confiance en elle-même. Iulia la Hyène, elle, préfère la dentelle noire et Sweet Cayla, le latex moulant. Mais pas Mistress Sandra. Pour elle, dessous de guerrière rime avec peau de bête tannée.

Les Demoiselles, revêtues de leurs plus beaux atours, font ce qu'elles peuvent pour affronter la barbarie. **Jeudi. Tigresse-Tina est dans la Boîte. Demain aussi.** Routine. Les Demoiselles se tiennent à carreau, prêtes à lui rendre service, à rire de ses blagues, à lui donner raison. Tigresse-Tina est satisfaite de ce qu'elle voit. Sa cour la glorifie et la craint. Elle peut relâcher sa vigilance, car sa réputation et son parfum la précèdent.

Les Demoiselles souffrent en silence, mais maintiennent le *statu quo*: leur calvaire ne dure que deux jours par scmaine.

Mistress Sandra ne souscrit pas à cette passivité, mais garde, pour le moment, un profil bas. Ne pas attirer l'attention. Ne pas contrarier la bête. Elle continue de marcher le regard baissé, les épaules voûtées, les mains glissées dans les poches; elle peut caresser le cuir de sa culotte et s'encourager.

Les Demoiselles considèrent Mistress Sandra comme l'une des leurs; elles ne peuvent deviner ce qui se trame en elle. Tigresse-Tina n'a pas besoin de sous-vêtement fétiche. Son aura lui sert de cuirasse, sa conduite, d'arme offensive. Tel un volcan en dormance, un tsunami à retardement, son mode de fonctionnement est relativement simple à décoder et se résume ainsi: *Casse-toi ou je t'éclate la gueule, t'as vu, j'ai des couteaux dans les yeux, où je te les plante?* Les Demoiselles connaissent le refrain. Elles évitent d'effleurer les boutons qui peuvent la provoquer.

Jeudi. Tigresse-Tina est dans la Boîte. Demain aussi. Bris de routine: Mistress Sandra va lui décocher ses flèches une à une, jusqu'au knock-out. C'est son unique stratégie. Elle est une amazone, une kamikaze. Le mot *courage — coraggio!* — est gravé sur sa culotte et dans son cœur. Trois, deux, un, *go*, ça y est, elle est prête.

Les Demoiselles, stupéfaites, regardent Mistress Sandra relever le menton et s'approcher de Tigresse-Tina.

Tigresse-Tina tourne le dos à Mistress Sandra; la petite tape sur son épaule ressemble à une décharge électrique. Elle se retourne vivement et se heurte à un doux sourire: *T'es-tu levée du bon pied, ce matin, Tigresse-Tina? Digères-tu efficacement ton déjeuner? Te sens-tu bien dans ta peau?*

Les Demoiselles, les yeux exorbités, la mâchoire décrochée, assistent, impuissantes, à la scène.

Tigresse-Tina répond un retentissant: *Who the fuck are you?* Mistress Sandra, décoiffée par le souffle puissant de la dragonne, ne se laisse pas démonter et continue sa litanie: *Comment se passe ton transit intestinal? Comment gères-tu ton stress? Passes-tu une belle journée? Comment trouves-tu le climat relationnel, ici? Es-tu satisfaite de ton choix de carrière?* Les Demoiselles reculent, épouvantées. Elles ne peuvent plus rien pour leur collègue.

Jeudi. Tigresse-Tina est dans la Boîte. Demain aussi. Absence de routine. Tigresse-Tina n'apprécie pas, mais pas du tout, ce revirement de situation. Sa colère, tantôt superficielle, envahit son anatomie centimètre par centimètre et atteint son système nerveux central. Un frisson la secoue entièrement et lui remet les idées en place.

Les Demoiselles se roulent en boules dans un coin. Coude à coude, tête contre tête.

Mistress Sandra sent ses genoux flageoler, mais poursuit son assaut avec application: *Connais-tu le yogourt probiotique? Je peux t'en parler si tu veux. Respires-tu adéquatement? Aimerais-tu suivre un cours de yoga? de méditation? On pourrait y aller ensemble. Tu sues beaucoup, Tigresse-Tina. Tu as les joues rouges. Tu trembles. Fais-tu de la fièvre?*

Les Demoiselles ferment les paupières et attendent la riposte avec résignation mais peut-être, aussi, avec curiosité.

Au ralenti, les mains de Tigresse-Tina s'avancent vers le col de Mistress Sandra et se referment sur celui-ci. Comme dans les films. Au ralenti, elle soulève le corps de celle qui ose la défier et le fracasse contre le mur. Une seule fois. Mistress Sandra, le souffle coupé, ne bronche pas, ne sourcille pas. L'assaillante, étonnée par son propre geste, relâche sa prise.

Les Demoiselles, toujours accroupies, se prennent par les mains, créent un cercle parfait et se relèvent. **Jeudi. Tigresse-Tina est dans la Boîte. Demain aussi.** Nouvelle routine. Mistress Sandra, étourdie, brisée, profite de cette brèche dans le temps et l'espace pour planter, un à un, ses derniers clous dans le cercueil. *Souffres-tu, Tigresse-Tina? As-tu besoin d'aide? Tu sais, il existe, dans la Boîte, un Programme d'assistance aux Demoiselles. As-tu déjà vu une psy?*

Les Demoiselles s'avancent et se placent entre Mistress Sandra et Tigresse-Tina. Barrière naturelle. Tigresse-Tina observe ses mains agitées de spasmes et ne les reconnaît plus. Elle voudrait reculer, ne pas sentir la chaleur et les effluves de ce cordon de sécurité humain. Elle voudrait retrouver sa bulle, son île, son univers. Elle voudrait… elle ne sait plus. D'un geste de la main, Mistress Sandra prie les Demoiselles de la laisser franchir leur ligne.

Les Demoiselles regagnent ensuite leur immobilité. Front commun dans l'adversité.

Tigresse-Tina est mûre pour le coup de grâce. Mistress Sandra s'y attelle avec application : *Connais-tu les vertus du cuir, Tigresse-Tina? Possèdes-tu une petite culotte préférée? Tu m'as agressée; tu sais que je pourrais porter plainte contre toi. J'ai des témoins. Il n'y a qu'un seul camp, ici : celui des Demoiselles. En leur nom, je te dis : sois humble et tout ira bien pour toi.*

Les Demoiselles froncent les sourcils — *en leur nom?* — et se jettent de petits coups d'œil. Leur rang fraîchement tricoté se relâche, une maille à la fois.

Jeudi. Tigresse-Tina est dans la Boîte. Demain aussi. Retour à la case départ. Tigresse-Tina se met à ricaner et toise les Demoiselles une à une. Les têtes se penchent, les épaules se voûtent, les troupes se dispersent. *Tigresse-Tina's back!* Mistress Sandra est fichue. Tigresse-Tina se passe la main dans les cheveux en signe de victoire et affiche son sourire carnassier, dévastateur. Les Demoiselles ne sont plus que l'ombre d'elles-mêmes. Rassurées, elles reprennent leurs occupations. Prise de haut-le-cœur, Mistress Sandra se précipite aux toilettes. *Maudite culotte. Maudit cuir! J'aurais dû choisir le coton à motif camouflage. Vert forêt, vert tendre, vert sauge. Voilà le secret de ma réussite.* Mistress Sandra se débarrasse de sa culotte porte-malheur, se rafraîchit le visage et réfléchit à sa prochaine attaque.

ELUDA-LOUISIANA
ET LES DEMOISELLES

BROCHE « VITRAIL DE PAPILLON (ROUGE GRENAT) », CATALOGUE N⁰ 14, PRINTEMPS-ÉTÉ, P. 302

Eluda-Louisiana travaille le vitrail. Son métier d'artisane la comble, corps, cœur et esprit. Sa créativité porte les couleurs de son humeur qui, elle, s'inspire des saisons défilant à sa fenêtre. Le temps qui déguerpit par les lézardes de sa maison mal isolée est récupéré par ses doigts de virtuose et transformé en chefs-d'œuvre de minuscules parures.

Eluda-Louisiana fabrique des bijoux. Elle se laisse émouvoir par l'Histoire et puise ses influences dans le ventre même de la Terre. Ses papillons ont construit sa réputation. Contemplés à la loupe, ils font penser à ces insectes antédiluviens coincés dans une coulée de sève. Chaque ornement est unique et berce en son centre une toute petite fille de métal, le corps soudé, désarticulé, les membres écartelés.

C'est la touche *Eluda-Louisiana*. Les papillons-gamines sans visage, ni fées ni anges, pétrifiés dans leur envol, la tête penchée, les cheveux tombants. Fillettes exhibées et vendues par catalogue, empaquetées et parsemées aux quatre vents. Elles font la fierté de leur génitrice et lui fournissent suffisamment de revenus pour qu'elle vive confortablement. Et persévère.

Eluda-Louisiana est une travailleuse autonome. Rigoureuse et intransigeante, elle gère sa PME d'une main de maître absolu, de la confection à la distribution de ses demoiselles de verre. Eluda-Louisiana est femme d'un seul objectif : voir le fruit de ses entrailles quitter le nid familial. Telle une vraie mère, accomplie et compétente, elle tolère difficilement l'existence de ses créatures une fois celles-ci mises au monde.

Ses papillons sont utilisés à toutes les sauces : colliers, bracelets, diadèmes, bagues, boucles d'oreilles, épingles à chapeau, nœuds à écharpe et, surtout, agrafes. Porter une *Eluda-Louisiana* au col de sa pelisse, c'est : se démarquer, afficher son statut, trouver sa place dans la société. La broche « Vitrail de papillon (rouge grenat) », catalogue n° 14, printemps-été, p. 302, fait actuellement fureur.

Eluda-Louisiana déteste ce bijou. Il. Lui. Fait. Horreur. Elle ne le reconnaîtra jamais, ne l'avouera jamais à ses proches, encore moins à ses clientes. Souvent dégoûtée par la couleur et l'éclat du modèle, il lui arrive d'en sacrifier un exemplaire, de fracasser sa colonne à coups de marteau, de triturer ses pattes dans tous les sens jusqu'à la cassure.

Grâce au ciel, les papillons ambrés ou azurés sont épargnés par Eluda-Louisiana. Alors, peu importe maintenant si quelques spécimens sont massacrés ; ils appartiennent à la même espèce. Les attaques sont ciblées, le génocide justifié. Et puis, l'effet de rareté stimule les consommatrices, bon point pour l'entreprise *Eluda-Louisiana*.

Eluda-Louisiana conserve les reliquats de ses excès de rage dans une boîte qu'elle a joliment surnommée

Le Charnier. C'est son coffre au trésor à elle seule, son cimetière personnel. Ses squelettes ne se cachent pas dans un placard, non, les siens, bien que disloqués, restent sagement allongés dans leur cercueil, sur un lit de vitraux pulvérisés, magnifiques et rouges comme la vie. Eluda-Louisiana, quand elle ouvre le couvercle de son boîtier, s'assure de n'y laisser entrer aucune lumière. L'effet serait saisissant ; chaque tesson se nourrirait des rayons du soleil et se refléterait sur son visage, lui recrachant toute sa cruauté. Eluda-Louisiana est une mère prudente. Elle sait échapper aux reproches de sa progéniture en l'étouffant dès sa naissance.

Eluda-Louisiana aime secouer le contenu du *Charnier* d'un coup sec, devant derrière — chlic-chlac —, et deviner la nouvelle disposition des ossements mélangés à la verrerie ; l'idée de savoir les dépouilles désorientées, malmenées, en recherche constante d'équilibre, la fait pouffer de rire, immanquablement. Eluda-Louisiana possède un droit de vie et de mort sur elles. Elle est toute-puissante.

Parfois, le coffret est surchargé. Voir des restes d'insectes déborder du cadre, outrepasser leurs droits, manifester leur présence ébranle Eluda-Louisiana et la fait flirter avec la folie. Elle ne reconnaît cependant pas son aliénation. Elle préfère dire qu'elle est sporadiquement habitée par le génie créateur. Tous les artistes vivent des crises. C'est normal, se dit-elle.

Et ils en ressortent toujours transformés. Améliorés. Éblouissants. La violence est une question de point de vue. Comme l'art. Pour Eluda-Louisiana, le sadisme fait partie du processus créatif. Ainsi que la délinquance. À la nuit tombée, elle vide sa précieuse boîte dans une bouche d'égout, loin de chez elle. Et se ferme à la musique du verre qui s'entrechoque et se noie.

Purgée de ses péchés, elle revient à son domicile, le cœur léger, prête à pondre une nouvelle génération d'*Eluda-Louisiana*. Naïvement, elle espère chaque fois que ses prochains bébés lui feront l'honneur de poindre le bout des ailes dans la discrétion et l'humilité. Jaunes ou bleus. Sans gène récessif. Sans *acting out*. Sans rougeur. Sans invitation à la sauvagerie. Sans reflet de ses propres faiblesses. Saloperies de petites broches grenadine, merdeuses et collantes. Eluda-Louisiana ne peut s'en débarrasser. Chieuses, *drama queens*, pompeuses d'énergie, Eluda-Louisiana ne peut s'en passer. Magnifiques, étincelantes, vibrantes, Eluda-Louisiana aimerait s'éloigner d'elles. Couper les ponts. Le cordon.

Pour Eluda-Louisiana, éliminer le « Vitrail de papillon (rouge grenat) », catalogue n⁰ 14, printemps-été, p. 302, serait un suicide professionnel. Un aller simple vers la déchéance. Eluda-Louisiana et sa créature sont unies sous le sceau de la fatalité. Condamnées à se côtoyer. Amour-haine. Chaud-froid. Proche-loin. Jusqu'à ce que la mort les sépare.

Eluda-Louisiana ne peut s'y résoudre. Elle ne peut croire en son destin. Tous les jours, tout le temps, fabriquer ces figurines miniatures, identiques, transparentes, délicates. Et si convoitées. Si appréciées. Plus qu'elle. Eluda-Louisiana atteindra, un jour, un point de non-retour. Ses petites bonnes femmes prendront alors le chemin de la sortie.

Non, impossible. Eluda-Louisiana est la marionnette de ses rejetons, l'esclave de sa descendance.

Indissociables. La culpabilité et la peur du jugement sont plus fortes que la névrose. Eluda-Louisiana est enchaînée à ses enfants, équitablement détestés, également éparpillés sur tous les continents. Elle veille même parfois, en secret, ses filles offertes à l'aqueduc de la ville.

Assise sur la bordure du trottoir, froide comme la mort, droite comme un piquet de clôture, elle peut scruter la voûte céleste, inlassablement. Par ses soins, aucune lueur, ni des étoiles ni des lampadaires, ne miroite dans l'eau boueuse de l'égout. Ses victimes ne reviennent pas à la vie. Leurs morceaux ne se recollent pas. Leur beauté reste ignorée. Niée. Tue.

Eluda-Louisiana travaille le vitrail. C'est une artiste émérite. Elle suscite admiration et envie. Son avenir est assuré. Personne ne sait, comme elle, produire des œuvres aussi tordues, aussi près de la nature humaine. Ses clientes ne jurent que par elle et lui ont juré fidélité. Eluda-Louisiana ne veut pas les décevoir. Quitte à poursuivre ses infanticides. Le prix n'est pas trop cher payé.

VOTRE COUR A DISPARU

Votre cour attise l'envie de vos voisins. Vous l'avez aménagée vous-même. Elle est grande, fleurie, invitante. Vous aimez y prendre le café, y lire votre journal, y remplir vos mots croisés. Elle est votre oasis, votre espace-nature. Elle vous attend au réveil, vous accueille en fin de journée. Votre famille vient parfois s'y terrer et s'y reposer.

Elle est votre fierté. Vous la bichonnez et la personnalisez de saison en saison. Quitter votre éden, vous déraciner serait au-dessus de vos forces. Vous avez canalisé toute votre énergie, tout votre temps dans ce projet. Elle est bien plus qu'une annexe de la maison, elle en est la pièce maîtresse, le cœur de votre vie.

Votre cour vous manque. Votre cour a disparu. Elle est ensevelie sous la neige. Vous en avez jusqu'aux hanches. Vous ne voyez que le haut des chaises de jardin, coincées contre la remise par la première tempête. Quelques brindilles surgissent ici et là, seules indicatrices de l'emplacement de votre jardin. Maintenant immaculée, impressionnante, elle vous est étrangère. L'hiver la sculpte à sa guise et la fait ressembler à une nature morte. Vos cèdres et votre clôture peinent à y ajouter un peu de couleur.

Tout ce blanc vous tue. Vous draine. Vous rêvez
de profaner ce décor parfait que vous n'avez pas créé.
Tout ce blanc vous aveugle. Vous déprime. Votre cour
ne vous ressemble plus. La saison froide vous oblige à
vous encabaner.

Vous refusez l'hibernation. Vous dédaignez de
partager la joie des amateurs de ski et de raquette. De
geler des pieds. De conduire une voiture qui peut vous
lâcher à tout moment. De prendre un autobus bondé et
mal chauffé. D'être à la merci des météorologistes. De
garder le sourire à l'annonce d'une prochaine bordée.
D'habiter un pays nordique. Vous niez les hivers passés
et ceux à venir. Vous refusez la vue de votre cour.

Vous souhaitez le retour des moustiques, du rhume
des foins, des coups de soleil, de la canicule, des bar-
becues. Vous désirez réentendre le vacarme des ton-
deuses, des climatiseurs, des scies rondes et des filtreurs
de piscine. Vous n'en pouvez plus de cette interruption
interminable. Vos membres s'engourdissent malgré
vous, votre chair s'épaissit, votre cerveau se ramollit,
votre esprit se disperse.

La tâche que vous entreprendrez sera colossale;
déclarer la guerre à l'inertie vous demandera une sur-
dose de bonne volonté. Votre cour est votre planche
de salut. Vous vivez à travers elle. Elle vous transporte.
Vous lui devez tous vos efforts.

Les plans sont dressés, les stratégies établies. Vous
la visualisez, votre cour réinventée. Vous débordez
d'imagination : un chemin qui mène jusqu'à la remise,
quelques chaises et meubles déterrés, une cuvette
creusée au centre du décor, des tournesols artificiels

piqués un peu partout, des bougies disposées à même la neige, des lanternes accrochées à la corde à linge. Votre cour vous manque. Votre cour a disparu. Vous en avez pour la journée. Ce soir, vos enfants profiteront de votre cour, emmitouflés dans leurs vêtements. Vous vous remercierez d'avoir ainsi pu recréer votre bulle. Vous vous installerez dans un fauteuil de jardin — enfin —, un chocolat chaud à la main, poserez vos pieds sur une banquette de neige, les yeux lumineux, le cœur en paix, votre cour retrouvée.

MADEMOISELLE LILI SE PAIE
UNE SABBATIQUE

Mademoiselle Lili se paie une sabbatique. Elle ne voyagera pas, ne retournera pas aux études, ne s'initiera pas aux nouvelles philosophies, n'apprendra ni à coudre, ni à tricoter, ni à dessiner, n'écrira pas l'œuvre de sa vie, ne se remettra pas en forme, ne fera pas de bénévolat, ne renouera pas avec sa famille, ne rénovera pas son appartement.

Tous les jours, mademoiselle Lili se douchera, se versera un café dans sa tasse de voyage, marchera jusqu'au parc, s'assoira sur un banc et regardera le bassin de la fontaine. Les heures passeront. Les jours aussi.

Non, mieux que ça.

Mademoiselle Lili prendra le métro à l'heure de pointe, examinera la publicité devant elle, se rendra jusqu'au terminus, descendra, prendra le train en sens inverse et scrutera une autre publicité. Les heures passeront. Les jours aussi.

Non, mieux que ça.

Mademoiselle Lili attendra l'ouverture de la bibliothèque, empruntera un livre, choisira un fauteuil, déposera son bouquin sur ses genoux, penchera la tête vers l'arrière et laissera les néons l'éblouir. Les heures passeront. Les jours aussi.

Non, mieux que ça.

Mademoiselle Lili roulera jusqu'à l'aéroport, se collera le nez sur la clôture de sécurité, passera les doigts entre les tiges de fer, observera la tour de contrôle, ignorera les avions qui voleront au-dessus de sa tête. Les heures passeront. Les jours aussi.

Non, mieux que ça.

Mademoiselle Lili allumera son ordinateur, patientera, sélectionnera un écran de veille, attendra son apparition et s'hypnotisera. Les heures passeront. Les jours aussi.

Non, mieux que ça.

Mademoiselle Lili enfilera ses chaussettes de laine, s'assoira dans sa chaise berçante, se balancera, admirera un tableau accroché au mur, se donnera mal au cœur, continuera. Les heures passeront. Les jours aussi.

Non, mieux que ça.

Mademoiselle Lili laissera son lit défait, restera en pyjama, mangera un bol de céréales, retournera se coucher, fermera les yeux et contemplera l'intérieur de ses paupières. Les heures passeront. Les jours aussi.

Peut-être.

Et quand son congé sera terminé, mademoiselle Lili retournera à son travail, épinglera l'insigne à son uniforme, déverrouillera la porte du poste de contrôle, s'installera devant la console de surveillance et fixera les écrans. Les heures passeront. Les jours aussi.

ELISABETA LE FAIT QUAND MÊME

Elisabeta, Elisa-bêtasse, Elisa-bécasse, Elisa bégaie, Elisa bêle, Elisa rien, Elisabeta s'enfonce, ne s'en empêche pas, met la main dans le feu, la retire et recommence. Elisabeta le fait quand même. Quand même. Elisabeta, tarte en règle. Ou reine des connes. Être maso, c'est, pour elle : être bonne. C'est : être gentille. C'est : faire le bien. C'est : surtout ne pas penser. C'est, peut-être : un jour être aimée, même légèrement. Pendant ce temps. Sa sirène de coloc lui triture le système nerveux de long en large, en toute innocence. C'est une câlineuse. Une tâteuse. Sans avertissement, elle prend Elisabeta dans ses bras, lui caresse le dos, lui baise la joue, lui masse les épaules, laisse son empreinte sur sa peau, dans son sang, dans tout son être, l'électrocute, la chavire, ses mains promettent sans le savoir, ses sourires tuent sans le vouloir, son parfum l'envoûte et l'asphyxie, Elisabeta fond, meurt et espère chaque fois, elle accepte la torture, se heurte aux portes du paradis et s'effondre en cendres. Elle se laisse faire. Le fait quand même.

Pendant ce temps.

Son émotive de coloc connecte avec son *moi* profond et casse les oreilles d'Elisabeta avec ses découvertes et ses intuitions, repousse ses propres limites, joue avec le feu, boit à s'en pisser le corps, fume ce qui peut se fumer, gueule et rit comme une folle, dort toute la journée, reste éveillée toute la nuit, pèse sa nourriture, s'empiffre, invite Elisabeta à partager son manège, la prend comme infirmière, psychologue, travailleuse sociale, concierge, banquière, grande sœur et mère, oublie ce qui les liait au départ, entache leur amitié et pollue l'atmosphère de la maison.

Elle se laisse faire.

Le fait quand même.

Pendant ce temps.

Sa liante de coloc se découvre sans cesse de nouveaux amis, elle les aime tous, ils sont si gentils, si *cool*, si différents, ils l'emmèneront loin d'ici et la libéreront d'elle-même, lui fourniront la clé qu'Elisabeta ne possède pas. Seulement, ils ne sont que de passage. L'éblouissement est de courte durée. Tapie dans l'ombre, Elisabeta est toujours là pour accuser le choc, elle tend alors les bras à sa coloc et laisse ses rayons irradier son âme. Le *pattern* est depuis longtemps établi, l'enchantement est de courte durée.

Elle se laisse faire.

Le fait quand même.

Pendant ce temps.

Sa verbeuse de coloc s'est enfin trouvé un amant efficace, sublime, merveilleux, on a marché sur la Lune, faites sonner les cloches, sa majesté a joui, alléluia, son homme l'amène au septième ciel, Elisabeta n'en a positivement rien à foutre, qui baisera son corps, à elle, elle ne veut rien savoir, non, elle ne veut rien entendre, elle écoute pourtant, putain, sa coloc ne résume pas, elle détaille, odeur, texture, consistance, durée, persistance, quantité, tout. Elisabeta n'est pas épargnée, c'est si pratique, une confidente, un paillasson, un petit caniche, et ça ne coûte pas trop cher.

Elle se laisse faire.

Le fait quand même.

Pendant ce temps.

Sa venimeuse de coloc, du haut de son trône, catalogue et condamne ceux qu'elle aime, attribue un rôle à chacun, les flatte d'une main et les assassine de l'autre, personne n'arrive à sa cheville, l'hypocrisie est une arme redoutable, elle l'affûte et la teste fréquemment, Elisabeta l'a déjà vue à l'œuvre et se croit dans une catégorie à part. Sa coloc n'oserait jamais, Elisabeta pense et respire comme elle, elle ne passerait jamais au *cash*, sûrement pas, pas elle, pas son amie.

Elle se laisse faire.

Le fait quand même.

Pendant ce temps.

La vie passe.

Les pages, effectivement, sont tournées un jour.

Elisabeta, Elisa-bêtise, Elisa-béquille, Elisa-beige, Elisa braille, Elisabeta s'embourbe, ne bouge pas, panique, garde les yeux fermés, refuse de respirer.

Elle se retrouve seule.

Elisabeta, vide absolu. Ou reine de rien du tout.

Se laisser manipuler, c'est, pour elle : une routine.

C'est : le confort. C'est : accepter son sort. C'est : surtout

ne pas se rebeller. C'est peut-être : un jour être considérée, même légèrement.
Pendant ce temps.

SAFFRON ET LES DEMOISELLES

L'EXERCICE D'INCENDIE

Les enfants se sont exercés, encore et encore. La prof a fait preuve de zèle. Avec ou sans cloche, avec ou sans avertissement, à tout moment de la journée, au soleil ou sous la pluie. Les causeries matinales ont pris une tournure doublement sérieuse depuis la visite des pompiers-éducateurs.

Non, tu ne prends pas ton manteau si l'alarme sonne. Qu'est-ce qui est le plus important? Te sauver toi-même. Oui, tes parents pourront t'acheter un autre sac à dos. Ton travail, c'est de te mettre en ligne. Mon travail, c'est de prendre une liste d'élèves et de fermer la porte.

La prof, elle, n'est pas prête. Sa responsabilité la dépasse. Les formations données par la police communautaire et les pompiers la troublent. Depuis le Onze Septembre, les exigences se sont resserrées. Chaque école possède son plan d'urgence en cas d'incendie, de verglas, de fusillade, d'attentat, de catastrophe naturelle, d'intrusion.

La première neige met habituellement fin à ce type d'exercices. Décembre rime avec plaisir, les bricolages se succèdent, les chants de Noël résonnent dans les couloirs et les enseignants soufflent un peu.

Cette année, l'hiver s'est pris un coup d'accélérateur; la soirée des bulletins de novembre s'est terminée
par une tempête. Depuis, aucun redoux. Dans la classe,
les enfants, excités, sont assis en cercle, les yeux rivés
sur la prof. Aujourd'hui, ils décoreront le sapin. Les
consignes sont claires : pas de cris, pas de bousculades,
chaque enfant aura une tâche à accomplir. La journée
se déroulera dans le calme et la bonne humeur.
Le premier coup, assourdissant, fait penser à une
sonnette de jeu télévisé — *bozzzz*. Le deuxième coup,
lui, retentit presque par surprise. Le troisième coup
provoque une décharge électrique, suffisant pour
ranimer les troupes. Les enfants, entraînés, se lèvent
en bloc, suivis par la prof. Ils sont les premiers dans
le corridor, dans l'escalier, au fond de la cour. Le plan
d'évacuation est parfaitement exécuté. Les présences
sont prises. Les enfants se tiennent droits, silencieux,
tremblants, les yeux ronds, le visage blême.
Merde...
Sautez, les enfants, sautez! Tapez du pied! Collez-
vous! On se fait des câlins! On se réchauffe! Frottez vos
mains! C'est bientôt fini! Regardez, les autres arrivent!
Nous avons réussi, les enfants, nous avons réussi!
La prof ne ressent pas le froid. Elle voit les joues de
ses élèves blanchir, leurs larmes perler et geler. La prof
souffre pour eux. Elle cherche ses collègues du regard,
entend la sirène des pompiers et lève les yeux vers l'école.
Et maintenant? Le temps passe. Mes élèves sont au
bord de l'hypothermie. Il faut partir. Ce n'est pas sérieux.
Ce n'est pas sérieux!
La prof voit les autres se mettre en branle en direction de l'église. Cinq cents enfants en état de choc,

bientôt entourés de policiers, de pompiers et de résidants du quartier. La nouvelle se répand. Le bedeau ouvre les portes du sous-sol. Des inconnus accourent avec des couvertures. Quelques parents viennent récupérer leur enfant. La chaleur qui règne dans la salle est rassurante. La prof étend des couvertures au sol et invite ses élèves, en pleurs, à enlever leurs souliers mouillés. La douleur de la peau qui se réchauffe est insupportable. Une odeur d'urine se propage. La prof, les mâchoires douloureuses, se met à chanter *Petit Papa Noël*, bientôt imitée par ses collègues. Ses élèves se plaquent les uns contre les autres, se collent à sa peau, forment une cellule de réconfort.

Les enfants, écoutez! Silence! Les pompiers ont inspecté l'école! Il n'y a pas d'incendie. Pas d'incendie! C'est une fausse alerte! Voici la suite du plan: nous allons retourner à l'école, groupe par groupe. Nous allons nous partager les couvertures. Dans le calme, les enfants! Nous commencerons par les maternelles...

Voilà, c'est le plan, qui s'écrit, de catastrophe en catastrophe, sur le dos des innocents. C'est le plan, traumatisant, d'une époque où l'inattendu a force de loi. C'est le plan que la prof applique à la lettre. C'est le plan que les enfants, disciplinés et confiants, suivent scrupuleusement.

C'est le plan d'urgence.

RECONNAÎTRE MADAME D.
À LA COURBE DE SES MOLLETS

Saffron hésite entre deux finis et choisit le plus velouté, remplit son panier de pinceaux et de rouleaux, estime le montant de ses achats, sourit à la caissière, soutient son regard, sort du magasin, dépose son gallon de peinture sur l'asphalte, cherche ses clés, se penche pour prendre son pot, lève la tête, reconnaît les mollets de madame D.

La courbe des mollets de madame D.

La taille de madame D.

La nuque de madame D.

Les poignets de madame D.

Les pommettes de madame D.

La bouche de madame D.

Madame D ne reconnaît pas Saffron. Vingt ans se sont écoulés. Des milliers d'adolescentes ont défilé devant les yeux de madame D., celle-ci ne pourrait les nommer toutes, se les rappeler toutes. Malgré ses rides un peu plus dessinées, ses cheveux un peu plus argentés, elle n'a pas vieilli. Elle est toujours aussi élégante, aussi gracieuse, aussi lumineuse.

Saffron, elle, a vieilli. Des années-lumière la séparent de sa jeunesse, tant d'heures à se façonner, à se creuser une place, à s'incruster, à se brûler, à se disperser, à se

désillusionner, tant d'histoires inachevées, d'aventures
écourtées, de corps négligés, de cœurs maltraités. Devant
madame D., pourtant, elle se sent fondre comme à ses
quinze ans. Le retour en arrière est saisissant.
Les souvenirs, éclatants.

Saffron aurait tout donné pour être assise aux premiers rangs, respirer timidement le parfum de sa prof
et lorgner du côté de son décolleté. Trop grande, elle
devait s'asseoir à l'arrière et se rabattre sur son imagination. Partout dans ses cahiers, dans son agenda, sur
sa peau, elle dessinait et redessinait la courbe parfaite
des mollets de madame D. Partout, elle écrivait ses initiales, encore et encore, en guise de notes de cours, en
guise de lettres d'amour.

Saffron n'aurait pu s'intéresser aux filles de son âge,
encore moins aux garçons, puisque madame D. existait. Elle ne vivait que pour cette heure de français, pour
ce moment où, peut-être, son enseignante lui sourirait,
lui poserait une question, l'écouterait avec attention,
rirait avec elle, lui toucherait l'épaule, le bras, la peau,
lui offrirait sa chaleur, l'inclurait dans son univers.

Saffron aurait souhaité être plus tard et plus loin,
être majeure et vaccinée, être libre et légitimée, elle
aurait voulu retrancher un pan de son existence, ne pas
subir ce qu'elle aurait à subir, pouvoir être ailleurs, être
quelqu'un d'autre, savoir accoster madame D. comme
on aborde une amante éventuelle, subtilement, straté-
giquement, finement, savoir décoder ce langage dont
elle devrait par la suite se servir, découvrir qu'il est possible de mourir d'amour et de renaître chaque fois.

Saffron, la tête tournée vers le passé, les pieds plantés dans le présent, se demande si un coup de foudre

peut survivre au passage du temps. Sonnée, sonnée,
convaincue, elle se fiche d'en connaître la réponse. Ses
achats à la main, elle dévisage son ancienne prof pai-
siblement, contemple chacun de ses gestes, les décom-
pose, les photographie, les inscrit dans sa mémoire,
Saffron a trente-cinq ans, elle a aussi quinze ans, la vie
est belle, madame D. est devant elle.

Madame D., intriguée, arrête de s'activer, incline
la tête et soutient le regard de Saffron. Celle-ci hésite
entre deux gentillesses et choisit la plus veloutée, estime
ses chances de réussite, s'arme de courage, s'approche
doucement d'elle, lui sourit, la complimente sur ses
mollets, lui avoue qu'elle aimerait bien les dessiner,
Saffron déguste le rire de madame D., admire la main
qui se pose sur son bras et sent sa chaleur se propager
sur sa peau, dans son cœur, dans tout son corps.

CALE SÈCHE

À la rencontre des deux routes, le panorama est spectaculaire. Les touristes y affluent en masse compacte, photographient plus qu'ils ne regardent et continuent leur équipée sur l'une des branches du « y ». Longer la côte ou couper par les terres est le dilemme qui les habite tous.

Peu de voyageurs s'attardent à cette jonction, mais presque tous, dans un monde idéal, un rêve éveillé, souhaiteraient s'y installer. Peut-être à la retraite, peut-être avec de la chance, peut-être dans une prochaine existence, se disent-ils, avant de troquer cette pensée pour une autre, plus pratique et réaliste.

Chaque croisée des chemins propose sa halte routière, parfumée par sa flore et sa friture locales. La halte de cette intersection-ci adopte la thématique « Village de pêcheurs » ; des gouvernails sont accrochés aux murs, des coquillages sont peints sur la porte des toilettes et une vieille goélette en cale sèche, patrimoine régional, trône sur le gazon.

Près de la grève, à deux pas de la goélette, à quelques mètres de cette eau qui s'agite, de cette mer qui ne porte pas encore le nom d'océan, mais qui en possède les qualités, est garée la voiture de Joëlle. L'air salin est

si doux, les vagues, si majestueuses, sans blague, Joëlle
est arrivée à bon port.

Joëlle s'est arrêtée, elle n'ira pas plus loin, l'endroit ne
l'a pas effrayée, elle ne transite pas. Elle s'installe. Sa carte
routière ne lui sert plus, elle a retrouvé sa boussole. Son
baluchon est posé par terre. Ici, maintenant, là, exactement, le cœur de Joëlle pourrait se remettre à battre.
Élire domicile prend du temps, parfois même des
années. Joëlle plante sa tente minuscule derrière la
goélette, à l'abri des regards. Un point d'eau, un toit,
un lit, un poêle, une corde à linge, une parcelle de terrain, le strict minimum, le strict maximum, c'est ce
qu'elle s'autorise à posséder.

Joëlle renonce à sa voiture comme on abandonne
un enfant, la laisse remorquer, ne la réclame pas à
la municipalité. Elle sacrifie son identité comme on
abandonne son passé, se rend invisible, fait vœu de
silence, ne sort qu'à la nuit tombée.

Joëlle perd une à une les lettres de son nom, trop
lourdes à porter. Elle ne s'appelle plus que Joë. Joë
n'est pas totalement consciente des jours qui passent,
mais constate les ravages du vent et du soleil sur la
toile de son abri. Elle décide de déménager ses pénates
dans la goélette et de subsister ainsi, en cale sèche.

Elle délaisse sa tente de fortune comme on se débarrasse d'une peau morte et ne regarde pas devant elle.
Joë se dissocie de son « e » tréma comme on quitte un
mode de vie éculé, désaccordé, trompeur ; elle balaie sa
mémoire, y perce des trous, laisse l'air et l'eau s'infiltrer.

Jo choisit de vivre légèrement inclinée, parfaitement parallèle à son nouveau logis. Elle s'y sent bien,
elle est un escargot, encore mieux, une tortue, elle se

recroqueville dans sa cuirasse, ses pensées sont capa-
raçonnées. Ici, bientôt, là, exactement, le cœur de Jo
pourrait se remettre à battre.

Tôt ou tard, l'hiver finira par s'incruster dans les
interstices de la coque, les hublots se recouvriront de
givre, on pourra suivre les traces de Jo dans la neige,
elle sera pistée et démasquée. Elle sera délogée, expul-
sée; elle perdra son port d'attache, sa maison, son espoir.
Le changement de saison effraie Jo. Son avenir prend
la forme d'un «y». Se laisser mourir de froid ou changer de coquille est le dilemme qui l'habite, jour et nuit.
Il lui reste un mois avant de rendre son verdict. Il lui
reste aussi ses deux jambes. Il lui reste surtout les deux
lettres de son nom.

Jo n'est pas un escargot ou une tortue. Elle est peut-
être un bernard-l'hermite. Ou un serpent. Jo prend
tout son temps, elle admire la vue, digère sa propre
histoire. Dans l'attente de son dénouement, ici, probablement, là, exactement, le cœur de Jo pourrait se
remettre à battre.

CENT VINGT-QUATRE !

Soixante-sept ! Numéro soixante-sept ! Soixante-sept ?
Quelqu'un a le numéro soixante-sept ? Personne ? Sui-
vant ! Soixante-huit !
Je rigole dans ma barbe. Le numéro soixante-sept,
découragé, est parti il y a quelques instants. Dommage
pour lui, tant mieux pour moi. J'ai le numéro cent
vingt-quatre. Je patiente depuis une demi-heure, j'en
ai le triple à tirer. Mes fesses prennent la forme de ma
chaise, mon coccyx manifeste sa présence, mes paupières s'alourdissent et ma tête, infatigable, fait tourner
le même vieux succès de Brel.
Au suivant ! Soixante-neuf !
Je n'ai pas de livre, évidemment. Je pensais m'en
sortir en quelques minutes. Je croyais qu'on m'offrirait
un traitement princier, comme tout le monde ici, d'ailleurs. Je n'ai pas planifié ce retard, ne l'ai pas inscrit à
mon agenda. Je n'ai pas une minute à gaspiller. Je n'ai
guère le choix.
Soixante-dix !
Mon cerveau ne survivra pas à cette pause imposée.
Il va s'atrophier et se fragmenter. Je ne lui ferai pas ce
bonheur. Je vais l'occuper, le surchauffer, il n'aura pas
le temps de méditer. J'ai plusieurs sujets de réflexion

en friche. Je vais profiter de cet — disons — intervalle pour classer les dossiers en suspens, vider la corbeille et redémarrer la machine.

Soixante-treize!

Tiens, ça fonctionne. Le temps s'accélère si je fais abstraction des autres, si je focalise mon attention sur ma seule pensée. En guise de réchauffement mental, je sélectionne un sujet peu compromettant, comme la réorganisation de ma garde-robe. Je range ensuite le débarras et le délivre de son superflu, redécore la maison et change la couleur des murs, débroussaille le terrain et ensemence le jardin, nettoie la voiture, répare le meuble de télévision et lui donne deux couches de vernis, trie les factures et les paie à l'avance, prévois les repas de la semaine et rédige la liste d'épicerie.

Au suivant! Quatre-vingt-un!

Ha! Merci, cerveau, tu me sauves de l'engourdissement. Ma journée ne sera pas complètement gâchée. Je suis prête, je m'attaque à un thème un peu plus corsé : ceux que je connais. Je réinvente leur vie, visage par visage. Pour certains, j'augmente leur salaire, paie leurs dettes, les couvre de cadeaux. Je joue les Cupidon, leur donne le goût de vivre, change leur parcours, les guide pas à pas. Je leur offre des enfants, une famille, un cercle d'amis, une raison d'espérer. Pour d'autres, je dénonce leur idiotie, les laisse s'embourber, leur paie un billet d'avion — aller seulement — pour Abou Dhabi, ne les écoute plus, ne les regarde plus, ne les supporte plus, je les éclipse, définitivement.

Quatre-vingt-seize!

Ça roule, ça roule! Il y a tant d'idées à explorer, en si peu de temps! Maintenant, je sors de ma bulle, me délie les jambes, fais les cent pas, embrasse la salle du regard, observe mes pairs, les classifie, trace leur portrait. Je suis la reine de la statistique. La majorité des femmes présentes sont mères. Elles ont à peu près toutes deux enfants. Elles ont les yeux cernés, les épaules voûtées, le sourire éteint, la voix cassante. Elles ne semblent pas l'avoir désiré, leur deuxième, c'était un accident, il est probablement arrivé trop tôt. La majorité des mères présentes en souhaitent un troisième, pour se racheter.

Cent cinq !

La majorité des hommes présents ne sont pas accompagnés. Ils souffrent presque tous de calvitie et d'un manque d'attention. Ils émettent de petits bruits avec leur bouche, sifflent, feignent de parler au téléphone, toussent, se raclent la gorge, tapent du pied, chantonnent, poussent des soupirs. La majorité des étudiants présents semblent transparents. Peu déroutés par l'attente, ils ont tous un bouquin entre les mains, un énorme sac à leurs pieds.

Au suivant ! Cent douze !

Cent douze, cent douze, mon calvaire se termine bientôt. Quelques statistiques encore, et je serai libre. La majorité des femmes présentes se fondent dans leur siège et ne bougent pas d'un iota. La minorité des femmes détonnent, composent une sous-catégorie, une minorité dans une minorité, le groupe des femmes comme moi. Elles sont dévisagées et, malgré elles, deviennent paranoïaques, par la force des choses. Différentes, elles ne se sentent pas chez elles. Elles sont soupesées et jugées.

Cent dix-neuf !

La majorité des femmes comme moi sont toujours prêtes au combat, épuisées d'avoir à se creuser une place au soleil. Elles pourraient éventuellement être accompagnées, ce qui les stigmatiserait davantage. Elles pourraient possiblement montrer de l'affection à leurs semblables, ce qui les exclurait à vie. Elles pourraient hypothétiquement jouer la comédie, jouer sur tous les tableaux, jouer leur vie, ce qui les condamnerait sans appel. Elles pourraient aussi marcher la tête haute, des couteaux solidement plantés dans leur dos. La majorité des femmes comme moi deviennent trop souvent une statistique.

Cent vingt-trois!

Je rigole dans ma barbe. Je suis la suivante. J'ai le numéro cent vingt-quatre. J'ai survécu. Je ne me suis pas endormie. Mon corps ne m'a pas lâchée. Brel a continué de chanter. Je me suis mise à jour. J'ai réussi. J'ai enduré. Sans distraction. Ma tête et moi-même formons une équipe d'enfer. Une équipe d'intouchables.

Au suivant! Cent vingt-cinq!

Merde.

JÉSUS ET LES DEMOISELLES

KILLER RABBITS

O.K., les lapins, c'est pour le côté «enfant intérieur à guérir» de l'histoire. La question est réglée, n'en parlons plus.

Ils se tiennent bien alignés sur le sommet de la butte, le dos droit, les oreilles aux aguets, le derrière soudé à l'herbe. On dirait des personnages de bande dessinée japonaise, avec leurs grandes billes noires, leur corps disproportionné et leurs courbes enfantines. Trois peluches qui ont l'air de demander : «Cajolez-nous, par pitié.» Erreur, pas touche, danger. Observons leur regard. Ce sont des tueurs. Des guerriers vengeurs.

O.K., le titre en anglais, c'est pour le côté «village global» de l'histoire. La question est réglée, n'en parlons plus.

Leur museau remue en alternance. Chaque effluve est humé et catégorisé. Trois possibilités : «Ça roule», «*Achtung* : douteux» et «Ça va barder.» Leur respiration est hachée, leur système nerveux, hyper vigilant, leurs dents, acérées. De vrais couperets. La colline leur appartient. C'est leur domaine — *Do not trespass* ou vous trépasserez! Ils ne sont plus végétariens. Nous sommes avertis.

71

O.K., la violence entièrement assumée, c'est pour le côté «grand public» de l'histoire. La question est réglée, n'en parlons plus.

Leur poil brille au soleil. Au garde-à-vous: trois boules de neige duveteuses assoiffées d'hémoglobine. Attention: il ne faudrait jamais, jamais raser leur fourrure, leurs cicatrices les fragiliseraient. Et pourtant, ça leur donnerait des allures de corsaire. Une attitude de *gansta*. Une dégaine assassine. Ils sont si mignons, on s'en ferait des mitaines! Des chaussettes! Détrompons-nous. Remarquons les os rongés parsemés sur le sol.

O.K., la présence de petits animaux, c'est pour le côté «*Disney*» de l'histoire. La question est réglée, n'en parlons plus.

Ceux qui ont essayé de les déjouer sont morts, aujourd'hui. Oui, leur passé demeure leur talon d'Achille, mais cette faiblesse est compensée par leur intelligence. Leur instinct de survie. Leur sensibilité. Leur beauté éclatante. Leur agilité. Et leur alliance iné-branlable. Si un comparse désire se reposer, ses cama-rades remplissent le vide et redoublent d'attention. Oui, ils sont capables d'amour. De tendresse. D'humanité. Uniquement entre eux.

O.K., les valeurs de solidarité, c'est pour le côté «social-communisme» de l'histoire. La question est réglée, n'en parlons plus.

Ceux qui ont osé contrecarrer leur organisation ont été découpés en tranches. Les *Killer Rabbits* n'ont pas peur de se salir. La règle est claire: les passe-droits et les tentatives de communication sont strictement défendus. Jadis, leur cœur a été malmené. Ça ne leur arrivera plus, quitte à périr pour la cause. Jadis, leur âme a été écorchée. Ça ne leur arrivera plus, quitte à occire pour la cause. Point barre.

O.K., l'excès de rigidité, c'est pour le côté « petite canaille insensible » de l'histoire. La question est réglée, n'en parlons plus.

La nuit, c'est touchant, ces lapins se blottissent les uns contre les autres. Super sensibles, ils ne gardent pas les yeux ouverts. Collés collés en une masse touffue et hermétique, ils deviennent encore plus redoutables. Une bombe sans détonateur — une simple secousse peut les ranimer. Les *Killer Rabbits* rêvent et ronflent à l'unisson, affûtant, perfectionnant leurs plans machiavéliques. Ambitieux. Irréalistes. Foireux. Masochistes. Ridicules.

O.K., les pensées stagnantes, redondantes, c'est pour le côté « non évolutif » de l'histoire. La question est réglée, n'en parlons plus.

On pourrait régler leur sort en quelques tirs de .22. *That's it, that's all folks*, acte final, ô délicieux civets, le postérieur plombé et la tête éclatée, une seule salve et le compte y serait, le conte y serait. Il était une fois trois petits lapins martyrs, trois anges justiciers, trois abrutis endoctrinés, trois gardiens d'une vision éculée de la vie. Il était une fois une colline possiblement abandonnée.

O.K., les relents d'apocalypse, c'est pour le côté « existence salopée » de l'histoire. La question est réglée, n'en parlons plus.

Il était une fois un monticule idéalisé, gonflé d'orgueil et de déni. Il était une fois un gros tas de boue asséchée, une aspérité sur la surface de la planète. Il était une fois un bébé volcan qui ne verra jamais le jour, avec trois lapins insignifiants en guise de pattes nourricières.

O.K., les observations géologiques, c'est pour le côté « changement de cap » de l'histoire. La question est réglée, n'en parlons plus.

Déposons la carabine. Restons à bonne distance. Cachons-nous parmi les buissons. Que cette butte, fertile malgré tout, devienne un havre de paix pour ces petites bêtes, que la menace s'envole à tout jamais, que le poids du monde ne repose plus sur leurs épaules. Que la source tarie se renouvelle, que le magma réchauffe la croûte terrestre, que les *Killer Rabbits*, toujours fidèles au poste, décident d'explorer le monde. *Bullshit*.

O.K., les envolées lyriques, c'est pour le côté « quelques restants d'utopie » de l'histoire. La question est réglée, n'en parlons plus.

Mieux vaut les achever. Euthanasie rédemptrice et guérissante. Ils n'accepteraient pas, de toute façon, de se faire bercer. Ils n'ont pas demandé à être aussi ravissants, ils sont une erreur de la nature ; eux, ils auraient plutôt choisi le noir comme couleur de fourrure, leur pelage aurait été dru et plein de chardons, ils auraient porté des colliers cloutés et chopé la gale, de vraies sales gueules, laides à faire peur.

O.K., le musée des horreurs, c'est pour le côté « recherche d'authenticité » de l'histoire. La question est réglée, n'en parlons plus.

Mieux vaut libérer le monticule de ces parasites. Leurs excréments contaminent la flore ambiante. Les regarder nous donne des gaz. Le décor n'est plus aussi bucolique. Créatures inutiles. Nous allons les exterminer. Petits rats aux grandes oreilles. Dommage, nous n'avons pas de rapace sous la main. Le boulot se ferait sans nous...

O.K., les souhaits remplis d'espoir, c'est pour le côté «doux rêveur» de l'histoire. La question est réglée, n'en parlons plus. Bang! Un de moins. Bang! Et de deux. Bang! Et de trois. Extraordinaire. Bon débarras. Quel spectacle. Magnifiques pompons rouges partis en orbite. Quelle précision. Merde, il pleut du sang. Autant de liquide dans de si petits corps. C'est à croire qu'il restait de la place pour autre chose. Un cerveau. Un cœur. Un avenir. Dommage, les *Killer Rabbits* sont irrécupérables. Traçons une croix sur nos réconfortantes moufles.

O.K., les chairs explosées, dénudées, c'est pour le côté «espoir perdu» de l'histoire. La question est réglée, n'en parlons plus.

CREVETTE SUR FOND DE TOILE

Deux ans de cours ne t'ont pas convaincue, Lysandre, de créer tes propres tableaux. Tu préférais peindre tes photos. Tes confrères et consœurs artistes, eux, reproduisaient des œuvres connues, pour se faire la main. Tu as toujours refusé de les imiter. Tu considérais leur acte comme du plagiat, ce qui n'était pas l'opinion de la prof. Lysandre, tu avais, en tête, une image qui t'obsédait. Elle pourrit maintenant dans un coin de ta mémoire. Aucun canevas n'a accueilli les fruits — les fuites! — de ton esprit en ébullition. Dommage. Tu n'avais pas confiance en toi. La prof aurait pu te guider, un coup de pinceau à la fois. T'aïder à te rapprocher de toi.

Ce qu'elles sont belles, tes toiles! De vraies répliques de la réalité. Au poil près. Maniérées. Maniaques. Esthétiquement irréprochables. Des fresques sans fantômes. Tu n'aimais pas t'attaquer aux ombres. Tu les esquivais, mais la prof te rattrapait au passage, t'ouvrait les yeux sur les ravages de la lumière. Tu prenais alors un blaireau et, en bonne fille, tu ajoutais les taches manquantes.

Tu as annulé ton inscription au cours. Trouillarde. Tu y étais presque. Ton âme allait prendre possession de ton corps et émerger. La vérité, éclater. Ton passé,

s'exposer. L'abcès, se répandre. Tu t'es verrouillée et
tu as perdu la clé. Lysandre, qui témoignera de toi?
Qui guérira en ton nom? Le cancer te rongera. Ton corps se rebellera. Tu
frapperas un mur, le mur, ce mur que tu connais intimement. Tes initiales y sont gravées. Ta tête y a laissé
un trou, agrandi par les chocs successifs. Tes larmes y
ont fait pousser de l'ortie à ses pieds. Ce mur est ton
abri, ton histoire. Tu ne sais pas mieux. Ce mur est ton
ami, ta consolation. Ton port. Ta certitude.

Mais l'image, Lysandre? Tu fermes les paupières et
tu la vois, n'est-ce pas? Ouvertes aussi. Tu la devines,
du coin de l'œil. Elle a l'avantage sur toi. Elle te domine,
gère ta vie, manipule tes émotions. Tu es sa marionnette. Mais refuse, garde la tête haute! Laisse-toi
aller… Affronte-la! La page se tournera d'elle-même.

Apprends d'abord à travailler la couleur de la peau.
Puis, le noir corbeau et les nuances de bleu. Fais des
tests, crayonne, tâtonne, échoue parfois. La vérité se
trouve à la croisée du pinceau et de la toile; elle s'ani-
mera quand tu le lui permettras. Tu lui insuffleras ce
qu'il faut de temps et d'énergie, tu la garderas en vie,
tu lui donneras un statut, des racines.

Lysandre, accouche de ton passé! Tu traînes la patte,
ton existence n'a plus de sens. Tu patauges! Expulse,
crache, éjecte, tu en seras allégée. Tout récit possède
un début, un milieu et, quelquefois, une fin. Le tien
commence ainsi: «Il était une fois Lysandre et son trop
beau projet…» Prends tes outils et travaille, que l'on
sache où se termine ta course.

Si tu pouvais transposer ton imagination en
tableaux, ton exposition s'intitulerait «Crevette sur

fond de toile» (au singulier, la métaphore, mais répétée à l'infini). Le thème de ta vie. Tous les artistes sont hantés. Tu l'es aussi. Crevette sur fond de toile... Ou, plutôt, embryon de vie recroquevillé, les mains sur les yeux. Orphelin de cordon baignant dans une mer inconnue.

Ton petit Crustacé, tu le placerais chaque fois au centre de la Terre; son corps deviendrait parcelles de continents, le liquide amniotique, tentative d'océans. De loin, la croûte terrestre paraîtrait lisse, sans nombril; l'œil collé à la toile, elle serait percée d'arbres minuscules, asséchés et tordus. Une plantation de parasites enracinés.

Tes œuvres auraient une gueule ressemblante, peu importe la grandeur du canevas. Tu saurais jouer, Lysandre, avec les teintes du firmament — passant du bleu ciel au noir d'ébène, avec la transparence de la peau, la densité des eaux. Il n'y aurait pas d'évolution entre tes toiles. Encore et toujours la même vision, cristallisée dans le temps et l'espace.

Tu ne saurais que penser de ton ouvrage. Il te faudrait attendre le vernissage pour comprendre. La réaction de tes invités, connus et inconnus, serait déconcertante. Pour la majorité : sourires polis, rires nerveux, regards d'incompréhension, fugues. Pour la minorité : réponses éclectiques, rafraîchissantes, expansives.

Ceux qui s'épongeraient les yeux discrètement... Ceux qui hocheraient la tête continuellement... Ceux qui se parleraient tout bas... Ceux qui, le souffle coupé, s'assoiraient sur un banc... Ceux qui se tiendraient le front et le masseraient... Ceux qui resteraient immobiles

— hypnotisés — devant une de tes œuvres... Tous, tu désirerais les bercer, Lysandre. Ou, du moins, les toucher. Ceux qui réussiraient à t'émouvoir. Ceux qui éveilleraient, en toi, d'anciens réflexes. Ceux en qui tu te reconnaîtrais. Ceux pour qui la Crevette n'est pas de l'histoire ancienne. Il était une fois Lysandre et son trop beau projet. Trop beau pour entrer dans une seule vie. Pour se matérialiser, se légitimer. Il était une fois Lysandre l'artiste. Et son travail. Et son cœur découpé en autant de tableaux.

Il était une fois ces quelques supporters marchant maintenant à ses côtés.

Il était une fois ces nouvelles images, fortes, se précipitant aux portes de son esprit.

JÉSUS, DANS LA SALLE DE BAIN

On l'imagine très grand et très maigre, les bras croisés sur le plexus solaire, les épaules voûtées, le t-shirt déformé et trop court, le jeans tombant, les pieds nus, plantés au centre de la salle de bain. On l'imagine, ce Jésus, embrouillé dans ses chimères, secoué de frissons violents, étranglé par le silence de ses sanglots. Les larmes coulent. La scène est privée. Pauvre Jésus qui se laisse glisser le long du mur carrelé de noir et de blanc — on dirait une page de mots croisés géante —, qui se passe les doigts dans ses cheveux de doux poète et s'essuie les joues à pleines mains.

Jésus, ce n'est pas vraiment Jésus, mais c'est le nom qui lui sied le mieux, pour le moment. Son allure débraillée et sa mine ahurie n'ont rien à y voir. C'est plutôt l'aura qu'il dégage. Ou les sons qui ne sortent pas de sa bouche. Ou la façon qu'il a de rompre le fil de ses pensées en fixant son regard sur le vide.

Accroupi en petit bonhomme, en petit garçon, en petite boulette, il a régressé et n'aime pas la sensation du poil de sa barbe contre ses paumes. Pauvre Jésus au front appuyé sur les genoux, au visage caché, au pantalon imbibé, témoin de ce triste et inavouable épisode.

Au quotidien, Jésus est sain d'esprit, sensible, humain, mais ses éclairs de lucidité le foudroient immanquablement. Le cœur est toujours visé. Son corps est érodé et ne tient plus la route. L'usure déteint sur sa volonté. Les crises s'amplifient et l'affaiblissent. Pauvre gamin, être un homme lui pèse. Il en a fini avec la parade, le faux, les mystères. Pauvre gosse réduit à marcher à quatre pattes, des mèches dans les yeux, le dos offert, la peau mise aux enchères. La tablette de cosmétiques lui semble hors de portée, il devra se tenir à la cuvette des toilettes pour l'atteindre. On l'a souvent vu en cravate, ce Jésus. Avec une mallette. Une coiffure. Un *standing*. Une voiture de l'année. Tout. Des avantages, un avenir clairement dessiné, une femme de ménage, des économies placées en Bourse, un loft au centre-ville et une place réservée à l'année au gym de la boîte.

Pauvre poussin, le poing fermé, les jointures blanchies, les muscles tendus, martelant le dessous de la tablette. Pauvre étoile, pauvre canard, faisant dégringoler le contenu sur le sol, à la recherche de l'objet convoité : un *Bic* jetable, émoussé et rouillé, qui ne lui appartient pas.

On essaie de mieux le connaître, ce Jésus, de sonder les tréfonds de son âme, de découvrir sa vraie nature. S'il n'en a qu'une seule. On sait que l'homme marche, parle, travaille, consomme, rigole, agit comme la masse. On sait que l'homme rampe, bave, sue et se disloque à même le plancher de sa salle de bain.

Pauvre lui, appuyé sur ses rotules, en équilibre précaire, le rasoir crissant sur sa peau. Et crissant de nouveau. Pas de mousse ni de gel pour lui faciliter la tâche — que le liquide lacrymal, la morve et le sang de ses coupures. Les poils, restant accrochés à la lame, compliquent son existence.

La porte est fermée, Jésus peut bien porter sa croix et celle de toute l'humanité, qu'importe sa conduite, ses idées débiles, ses crashs et ses mutilations, la porte est fermée, il est maître de son destin et de ses pertes de repères, un peu d'intimité, nom de Dieu, un peu d'intimité, Jésus sombre.

Bambin barbouillé, les bajoues en feu, encerclé de produits de beauté, de bouteilles explosées, les fesses macérant dans un restant d'*after-shave*, ça sent bon, bébé baboune, le nez collé à la céramique, ça sent bon, les éclats de verre lui transpercent l'épiderme. Yark, ça goûte yark.

La suite est inquiétante. Il devra refaire surface, se déplier, constater l'étendue de l'hécatombe, nettoyer, panser ses blessures, laver ses vêtements, purifier sa carcasse, purger son cœur, guérir. Trop d'étapes. Jésus s'est isolé, pas de bras consolateurs, pas de paroles rassurantes sur sa planète aride et austère.

Pauvre bout de chou, pauvre lapin, ses lèvres et sa langue lui piquent, pourquoi ne pas s'allonger dans la baignoire, d'accord, pauvre crotte, pauvre amour, pourquoi ne pas décrocher le rideau et s'en faire une couverture, d'accord, pauvre ange, pauvre grenouillette, pourquoi ne pas dormir, juste un peu. D'accord.

Jésus devra prendre une décision. Deux voies possibles. Pulsion de vie, pulsion de mort. Chut, il s'assoupit. Il récupère. Il raccommode le tissu de ses rêves, s'envoie en l'air, rejoint son univers parallèle. Chut, il atterrit au milieu du désert. Nuit sans lune.

Pauvre chouette, il fait froid autour de lui, il n'a pas de chaussettes, pas de manches longues, pas de chauffage.

Pauvre pitchoun, il n'a rien pour amoindrir la bruta-
lité de l'instant, pas d'oreiller, pas de matelas. Pas de
chair sur l'os. Glaciaux matériaux — émail, polymère,
faïence, verre, porcelaine, mélamine, acier.
Chut, il ne faut pas réveiller l'enfant qui sommeille.
Songes obscurs, qui n'osent franchir les enceintes de
sa conscience. Mieux vaut enfouir loin, très loin, la
source originelle de sa douleur. Mieux vaut affronter
la tempête quand elle survient. Ne jamais, jamais la
prévenir. Rester prisonnier de ses instabilités.

Dodo, dodo, p'tit Jésus, papa est en haut, qui fait du
gâteau, maman est en bas, elle y restera, dodo, dodo,
p'tit garçon, qui entend le vent souffler sur sa bâche
protectrice et se berce à cette étrange musique, qui
s'abandonne au sable et lui offre sa dépouille en sacrifice. Pas de chance, il s'efface sous les dunes.

Jésus, l'homme, le citoyen, le contribuable, l'être en
état de choc, la ruine effondrée, le moustique écrasé au
fond de sa cuve. Jésus, en attente de l'impossible, incapable d'ouvrir les paupières, désirant que la porte s'ouvre
à toute volée, ou en catimini, ou comme elle le veut.

Bébé Jésus gargouille et geint, Jésus bobo, Jésus tristesse, Jésus tourment, Jésus en manque de câlins. Il ne
réfléchit pas, la logique ne s'est toujours pas installée, la
raison non plus, il ressent, il est un organisme vivant,
il possède un réseau nerveux, oui, oui, il peut souffrir.

On l'imagine, ce Jésus, ensanglanté, grelottant, les
bras croisés sur le plexus solaire, le t-shirt crasseux, les
yeux enfin ouverts, le regard planté dans la porte de
la salle de bain, l'oreille tendue, patientant, souhaitant
qu'un ange se pointe, le soulève, le prenne sous son aile,
le sorte de son enfer. L'aime, inconditionnellement.

MARIANNE, MARIE-ÈVE ET MARIELLE PARTENT EN GUERRE

Marianne, Marie-Ève et Marielle partent en guerre. Elles ont brûlé le drapeau blanc. La fureur les ronge, la violence les submerge. Tout est à recommencer. Leur position est mise en jeu, en joue. Leurs terres conquises devront être protégées, les réputations, défendues. Marianne, Marie-Ève et Marielle fourbissent leurs armes, aiguisent leurs couteaux. Branle-bas de combat. Les inimitiés refont surface. La cible ennemie est facile à atteindre. Elles ne feront pas de prisonnières. Elles achèveront les blessées qui ne peuvent se relever. Marianne, Marie-Ève et Marielle le savent, il y aura de nouvelles règles. Du sang neuf. Un vent de changement. Des promotions. Des sacrifices. Des alliances inhabituelles. Des affrontements. Une hécatombe.

Le nouveau patron est dans la place.

Six pieds, belle apparence, propre, souriant, la quarantaine, éloquent, charmant, riche, scolarisé, non-fumeur, écolo, moderne, divorcé, deux enfants, amant de la nature, cinéphile, bouddhiste, globe-trotter, photographe, amateur de vin et de soirées entre amis.

Le nouveau patron.

Innovateur, dynamique, perfectionniste, déterminé, compétitif, exigeant, inflexible, autoritaire, incassable.

Le patron.

La guerre est déclarée.

Marianne, Marie-Ève et Marielle ruminent leurs pensées et se demandent qui sera l'élue. Elles surveillent leurs arrières, épient leurs voisines, notent les changements atmosphériques, observent les réactions du patron, sentent la tempête se lever. Une collègue sort du Bureau, en pleurs, et retourne à son poste de travail. Marianne, Marie-Ève et Marielle détournent le regard. Sourient. Une première manche de gagnée.

Marianne, Marie-Ève et Marielle se l'imaginent, la gagnante, la chouchou, la préférée, le bras droit du maître, la moucharde, la lécheuse de bottes, la petite fille à papa, la pute instituée, la vice-merdeuse. Envies de meurtre.

Marianne est convoquée au bureau du patron. Elle y entre, la tête haute, et en ressort presque aussitôt, vaincue, le rouge aux joues, les épaules secouées de sanglots. Elle n'a pas réussi. Perdante. Pestiférée. Elle cherche ses amies des yeux, mais ne rencontre que le vide. Une deuxième manche de gagnée.

Marie-Ève et Marielle feront mieux. Elles possèdent des atouts que les autres n'ont pas. Elles impressionneront le patron. Marie-Ève et Marielle charmeront le patron. Marie-Ève et Marielle ensorcèleront le patron. Elles connaissent les secrets de son cœur.

Marie-Ève et Marielle rêvent. Et continueront de rêver. Elles n'auront ni la chance ni le temps de faire leurs preuves. Il n'y aura pas de troisième manche. Elles ne feront pas partie des appelées.

Une autre, une inconnue, une nouvelle, une débutante, une bachelière, une étrangère, une plus jeune, une plus belle, une plus futée, une plus rusée, une plus débrouillarde obtiendra le poste.

La tempête se calmera d'elle-même. Marianne, Marie-Ève et Marielle panseront leurs blessures et vivront leur deuil en silence. Elles marcheront sur leur orgueil et étoufferont leur colère. Elles feront semblant d'oublier. Elles se souriront. Se reparleront, mais resteront sur leurs gardes.

Marianne, Marie-Ève et Marielle ne sortiront pas le drapeau blanc.

Le nouveau patron est dans la place.

LÉNA ET LES DEMOISELLES

UNE TOMATE ?

L'entreprise s'appelle *Une tomate ?* Un paradis pour les amateurs, un capharnaüm pour les non-initiés. Sous les serres, les connaisseurs tâtent, hument, soupèsent, négocient et consomment. On peut s'y procurer des semences, des jeunes plants, des paniers de tomates mûres, et même, des produits dérivés : sauces, croustilles, pâtes, jus, pestos, et cetera. *Une tomate ?* propose aussi à sa clientèle un attirail élaboré de fines herbes, fraîches ou séchées, compagnes absolues du délicieux fruit.

Les employées d'*Une tomate ?* sont actionnaires de la compagnie. Pas de patronne, les décisions sont prises en conseil hebdomadaire. Compétences complémentaires, valeurs communes, visions innovatrices — l'équipe est un bateau étanche et résolument tourné vers l'avenir. Une troupe d'aventurières qui savent franchir le cap des modes éphémères. Di-ver-si-fi-ca-tion. Voilà la clé de leur succès. Collaboration avec la communauté, accueil de stagiaires, volets pédagogiques, laboratoire d'essais axés sur la résurrection de tomates ancestrales, pratiques environnementales exemplaires. Le rêve, quoi.

On s'amuse bien, à *Une tomate ?* Les journées filent, dans la joie et la franche camaraderie. Une atmosphère de travail atypique et convoitée à des kilomètres. Pas de

lézard.‎ Pas de farce. *What you see is what you get.* De
l'authenticité. De la matière brute. On n'a qu'à regarder
leurs produits! Prenons leur célèbre duo, *Zoé & Rémi*…
Achetez, plantez, observez, acceptez et laissez aller. Deux
têtes de mule allergiques aux tuteurs. Deux espèces ram-
pantes, indéterminées. *Zoé & Rémi*, ou la loto de la vie.
Zoé, Rémi, Rémi, Zoé, nul ne peut les différencier
avant l'apparition des fruits. Des plants surprises! Les
recommandations d'*Une Tomate?* se résument en une
seule phrase: «Repiquage en pleine terre, croissance
rapide, nécessite plein soleil, large surface, terrain
humide et bien drainé, engrais biologiques strictement
conseillés». Faire l'acquisition d'une paire de *Zoé &
Rémi*, c'est admettre qu'on ne possède pas toutes les
clés. C'est consentir à des bouleversements fortuits et
violents. C'est se dénuder devant sa famille, ses amis,
ses voisins, en fait, devant ceux qui oseraient témoi-
gner de la croissance anormale des deux pousses. C'est
se porter garant de leur protection, à la vie, à la mort,
inconditionnellement.

L'épreuve est formatrice, mais périlleuse. *Zoé & Rémi*
ne sont pas à la portée des âmes faiblardes et apeurées.
Adoptez-les et dépérissez. Sombrez et agonisez. Racor-
nissez-vous, cuisez en pleine chaleur, sacrifiez votre
ventre, crevassez-le, désertez-le. Vos semences tombe-
ront au sol. Certaines se perdront dans l'estomac d'un
oiseau, d'autres se coinceront dans les fentes du béton,
quelques-unes trouveront leur chemin et feront des
racines puissantes et monstrueuses. Le jeu en vaut la
souffrance. *Zoé & Rémi*, espèces en voie d'apparition.

Zoé & Rémi, simples plants de tomates, donc annuels,
mortels, remplaçables, précieux, aimables. On voudrait,

théoriquement, que nos jeunes s'étirent les branches
jusqu'au ciel, s'accrochent aux étoiles, visent plus haut
et plus loin que leurs parents, mais on les fragilise, ces
petits colosses aux pieds d'argile, on en fait des adultes
rigides et cassants, inadaptables et inconsolables. *Go,
Zoé & Rémi, go*! Maintenez-vous au ras de la terre,
respirez-la, nourrissez-vous-en, votre tige peut deve-
nir racine, le saviez-vous? Vos fruits seront généreux
et savoureux, ils seront étonnants, et grâce à eux, vous
vous ferez de nouveaux amis qui deviendront aussi un
peu votre famille.

Putain, mais ça ne se peut pas,
ÇA NE SE PEUT PAS! Économie, efficacité,
   standardisation! L'espace et le temps, ça se
   gère, voyons.
      Un plant qui traîne et s'embroussaille, O.K.
      la rébellion
adolescente! N'importe quoi, c'est vraiment
n'importe quoi.
      Qu'on leur foute la hache en plein cœur, à cette
      Zoé et
         à ce *Rémi*, qu'on les tranche en rondelles,
         qu'on les
            sèvre et qu'on les vide de leur sève — et
            puis quoi,
   encore? Restons génériques,
      préservons la tradition, respectons
      les conventions. Quel bordel, mais quel
      bordel!
         Tout ça à cause de ces *hippies*? de ces
         granos?
de ces socialistes? Tout ça à cause

de ces insatisfaites, de ces dépravées,
de ces mésadaptées. La différence, on
en a soupé, merci beaucoup. Quel
foutoir...
Chut, chut. Bouchez-vous les oreilles, les enfants.
Chut, chut. Les adultes déconnent. Plutôt ronflants.
Zoé, Rémi, existez. Les filles d'*Une tomate?* vous ont
fourni le terreau. Les soins de base. Le champ d'expérimentation. La liberté. L'amour. Croissez, grossissez.
Épanouissez-vous. *Vayan con dios.* Que vos vertus
aient force de loi. Allez, preux chevaliers, sortez écus et
épées, prenez votre air des grands jours, gonflez votre
poitrail, relevez votre menton et bloquez-les, ces sata-
nées toxines! Votre génétique est votre ticket de sortie.
Vous vous distinguez, faites-le avec élégance.

Persévérez. Les entailles sur votre corps ne vous
tueront pas. Les empreintes de coup de pied non plus.
Encore moins les marques de strangulation. *Zoé &
Rémi*, vous êtes issus d'une époque révolue. Soyez-en
fiers. Vous êtes robustes, entêtés, innocents. Charmants,
pétillants, naïfs. Vous savez profiter de la brise et des
rayons du soleil. Quiconque vous entretient et vous
bichonne est un être humain touché par la grâce, car
vous remerciez au centuple. Ça va cuisiner dans les
chaumières, cet automne! On imagine les conserves! Au
plus froid et au plus profond de l'hiver, votre souvenir
demeurera intact.

Une tomate?, c'est — d'abord et avant tout — une
entreprise. Il n'est pas question d'y faire du bénévolat. Les bénéfices sont intéressants et les actionnaires
sont comblées. *Une tomate?*, c'est une minisociété,
une reprise de la cellule familiale, version améliorée.

Une tomate ?, c'est un cœur qui bat et qui s'alimente à même la joie des clients. Une offrande accidentelle. Une assurance que la Terre continuera de tourner, jour et nuit, qu'elle saura bercer, en son sein, des enfants comme *Zoé & Rémi*, fragiles et imprévisibles, originaux et tonitruants, indispensables et bouleversants.

DEUX GIGANTESQUES POINTES
DE TARTE

Dans la cuisine, Léna besogne, papillonne et papote. Elle coupe deux gigantesques pointes de tarte, demande — *exige* — qu'elles soient dévorées, ce dessert est une preuve d'amour, on ne refuse rien à sa mère, on ne lui tient pas tête et on ne l'a pas choisie, surtout. Léna ne mange pas, elle se sacrifie, elle ne s'assoit pas, elle se justifie. Elle évite le regard de son fils et monologue.

Léna fait les questions et les réponses.

Elle ne voit pas ce qui se passe sous ses yeux.

Léonie ne termine pas sa part et la refile en douce à son père, son estomac se noue, sa gorge se serre, elle devrait être heureuse, sa grand-mère prend soin d'elle, elle la nourrit. Son père est assis à ses côtés, il est là, maintenant, voilà du temps de qualité, on le prend quand il passe, sa grand-mère pourrait mourir n'importe quand, son père pourrait fuir dans sa tête, la scène est irréelle, le présent, in-ter-mi-na-ble.

Léonie subit le babillage de sa grand-mère.

La tension crispe ses lèvres. Cela pourrait passer pour un sourire.

Léandre termine la pointe de tarte de sa fille et fronce les sourcils. Il souffre. Sa mère l'étourdit et l'abrutit. Il se masse les tempes et soupire. Il ne voit plus sa fille, sa vue se brouille, la migraine frappe à la porte, maudite migraine, insupportable et increvable migraine, ce n'est pas le moment, pas aujourd'hui, la récidive est cruelle.

Léandre s'imagine alité, un oreiller sur la tête, le cerveau dans les vapes.

Il s'accroche à la table, c'est parti, il commence à voir des étoiles.

Léna aperçoit les deux assiettes et se tait un court instant. Elle dévisage Léandre et Léonie, leur offre une deuxième part de tarte, ils ont manifestement encore faim, ils ne vont pas rouler l'estomac vide, c'est impensable, la tarte est si goûteuse, ils pourraient lui faire plaisir, ils pourraient ne pas la mépriser, ils pourraient lui mentir, un peu.

Léna a horreur du vide.

Elle enfonce le mur des protestations et coupe deux autres gigantesques pointes de tarte.

Léna est une femme d'une grande bonté, elle est formidable, une vraie machine. Elle est vaillante et ne fait pas son âge. Elle nous enterrera tous! Léna s'occupe des siens, leur parle, les conseille et sait les envelopper. Elle est unique. Fière. Forte. Personne ne l'abattra, jamais, elle ne sera jamais une survivante, jamais, Léna est vivante, voilà.

Léna a, devant elle, sa descendance.

Sa descendance qui s'étouffe avec une pointe de tarte.

Léonie a les mains moites, son ventre se contracte, ça suffit, elle se lève, s'empare des assiettes, les met au réfrigérateur, c'est assez, elle ignore les plaintes de sa grand-mère, prend le visage de son père entre ses mains, lui chuchote «on s'en va, viens», elle aide Léandre à se lever et à mettre son manteau, elle le tient par le bras, lui prend les clés de la voiture, «c'est fini, papa».

Léonie ne sait ce qu'est le courage.

Elle écoute ses intuitions. Le reste ne la concerne pas.

Léonie se tourne vers Léna, lui caresse la joue, l'embrasse, gauche, droite, gauche, lui souhaite une belle fin de journée, la remercie pour le dessert, sort avec son père, le guide vers la voiture, l'installe confortablement, fait un signe à Léna, démarre le moteur.

Léonie lance un dernier sourire à sa grand-mère.

Léna, encore sous le choc, attend que le véhicule tourne le coin de la rue.

Elle n'a pas l'habitude de réfléchir longtemps, d'analyser les situations, de s'en faire pour si peu. Elle sait oublier. Elle retourne à ses occupations, organisations, planifications, satisfactions, elle prend une décision, la prochaine fois, elle fera un gâteau, la tarte était peut-être trop fruitée.

Léna feuillette son livre de desserts.

Elle se met à chantonner.

JE ME SOUVIENS DE LA PELLE

Je me souviens de la pelle. De l'intersection. Du brigadier. De la *sloche* collée à ses bottes. De la vitesse du véhicule. De sa main gantée, qui demande de ralentir. De ce geste insistant, contrôlant, personnel. De son sifflet. Du *triiiiiiiit* lancinant, étiré. De son « Madame, wôôôô, madame ! ».

De son gros index frappant sa tempe, plusieurs fois. Je n'ai pas garé l'auto, je l'ai immobilisée. Trois secondes ont suffi. Les tremblements ont suivi, puis les bouffées de chaleur. Et ce bruit dans mes oreilles, comme un nœud qui éclate sous la flamme.

Je me souviens du temps qu'il faisait. De la position du soleil à cette heure de la journée. Du silence de la ville. Du vent, qui ne bruissait pas. De la neige, qui ne crissait pas sous mes pas.

De la pelle éclairée par la lumière du coffre.

Des yeux du brigadier, ridicules, apeurés, frondeurs. De sa rapidité, à mon premier assaut — un parfait danseur, pivotant sur lui-même. Du petit « poc » qu'a fait la pelle en rencontrant la doudoune rembourrée.

De son rire. De son rire, puis d'un autre rire. De mon deuxième coup de pelle, assené au visage.

Du sang qui coule, de sa bouche, pour commencer. Je me souviens de l'entendre tenter un «Je vais vous…» et de s'arrêter, surpris de zozoter. De cette entaille au front, ouverte comme une bouche.

De son cri.

De mon réveil. De la pelle dans mes mains. De l'odeur de l'hémoglobine. Des larmes, sur mes joues. De la pelle, à mes pieds. De la ville, qui reprend vie. Du vacarme, dans ma tête.

Du brigadier, qui s'effondre.

De ma tête qui se tourne, de mes yeux qui fixent l'auto.

Je ne me souviens ni de la douleur ni de la chute.

Je me souviens de ma proximité avec le trottoir. Du sel qui brûle mon visage. Du gravier, dans ma bouche. De la neige qui rosit, de ma tête qui s'auréole.

De mon corps, transi.

De la pelle. De l'intersection. Du brigadier, debout devant moi.

De la *sloche* collée à ses bottes.

HOMOPHOBIE 101 — UNE HISTOIRE D'AMOUR QUI FAIT DU BIEN

Elles font partie des images que j'emmagasine dans la journée. Elles sont : mon paysage urbain, ma stabilité, mon couple idéal. Elles sont aussi, surtout la nuit, les protagonistes des *feel good movies* qui défilent dans ma tête.

Elles se comprennent sans se parler, marchent en parfaite symbiose, terminent les gestes l'une de l'autre. Elles sont irréelles, extraterrestres. Elles sont : la raison pour laquelle la Terre se permet de tourner. Elles sont là, immuables et magnifiques.

Je suis davantage inquiète pour moi que pour elles. Leur survivront : leur souvenir.

Elles se partagent les tâches, échangent parfois les rôles. Leur boutique est : un havre de paix, un paradis pour les sens. Leur concept est d'avant-garde, leur vision de l'existence, différente.

Elles portent leur sexualité à fleur de peau, se touchent parfois, se sourient, connectent silencieusement. Elles sont : fières et courageuses. Il pourrait arriver n'importe quoi, je dis bien n'importe quoi. Nous ne sommes pas un peuple évolué, notre ouverture d'esprit est simulée.

La preuve : moi.

Leur histoire d'amour me stimule.

Elles ne sont pas à l'abri derrière la vitrine. Je suis là, je rôde, elles ignorent ma présence, mais je suis là ! Je décode leurs mouvements, je tiens leur vie entre mes mains. Je suis : leur destin. Une étincelle et l'immeuble s'écroule.

Je pourrais être rousse comme la plus grande ou bouclée comme la plus petite. Je pourrais : appartenir à leur cercle, m'infiltrer dans leurs rassemblements, imiter leur vie. Sentir mon cœur battre. Passer au cours pratique.

Mes yeux rougissent à les regarder.

Leur histoire d'amour m'exaspère.

Elles surfent sur leur bonheur, leurs gestes sont : aériens, leur éternité, toute tracée. Elles ignorent l'heure du départ, elles vivent, respirent, aiment maintenant. Je n'ai pas leur force. Mon calvaire est indescriptible. Je me laisse tirer vers le bas. La chute est interminable.

Peu importe où je croupirai, j'entraînerai leur image avec moi. Je la cacherai tout au fond de mon être. Je me consolerai en recréant leur parfum, leur visage, leur quotidien. Ma douleur est : intense, essentielle. Elle est mon point de départ et ma destination.

Leur histoire d'amour me tue.

Je ne survivrai pas à leur disparition.

Je ne saurais agir autrement. Je ne peux : être moi. Je ne peux me laisser toucher, réchauffer d'autres corps. Je ne peux manquer de contrôle, franchir le pas. Je ne peux croiser leurs regards. Je flancherais rapidement.

Les propositions viennent de toute part. Je pourrais : cueillir n'importe laquelle en vol, et me perdre.

Oublier mon objectif. Je suis comme elles! C'est une lutte sans merci et je suis prête au combat. Elles se défendront, assurément. Elles ne sont pas suicidaires. Je m'attaquerai à: leur chevelure, leurs vêtements, leurs bijoux, leurs tatouages, leur aisance, leurs symboles. Je les écraserai et les ferai disparaître. Je casserai leur marchandise un objet à la fois, déchiquèterai leurs rideaux, fracasserai leur vitrine, brûlerai leur bazar et sortirai. Je regarderai: les flammes lécher le ciel et les commerces voisins. Je serai spectatrice. Et honnête. Je me laisserai embarquer. Et accuser.

Je ne m'expliquerai pas.

Je m'affamerai.

J'accepterai ma déchéance. Mon corps deviendra: mon refuge. Je me couperai du monde extérieur. Je me roulerai en boule et attendrai l'ankylose. J'appuierai sur *play* et accueillerai les films qui s'offriront à moi. J'aurai un tout petit rôle à y jouer, un rôle de figurante, parfait pour moi.

Elles font partie des images que j'emmagasine dans la journée. Elles sont: ma définition, mon incarnation, mes porte-parole. Éblouissantes, immortelles, elles sont ce que je ne serai jamais. Elles sont la raison pour laquelle mon cœur continue de battre. Je vis en elles.

Tout ce que je ne peux m'offrir, c'est leur histoire.

Une histoire d'amour qui fait du bien.

CONSUELO
ET LES DEMOISELLES

EN CHERCHANT TON BOUTON GRIS,
TU AS TROUVÉ UN GANT DE VAISSELLE

Au travail, il était encore accroché. Dans l'autobus également, mais il ne tenait qu'à un fil. Tu voulais le recoudre à ton retour. Trop tard, il était tombé, peut-être dans une bouche d'égout, dans une fente de trottoir ou sous les roues d'une voiture.

En cherchant ton bouton gris, tu as trouvé un gant de vaisselle. Sans ce bouton, tu n'étais plus la même. Déséqui-librée. Défigurée. Il te le fallait. Tu appréhendais les fautes de style, espérais échapper aux regards indiscrets. Aux sourires faussement dissimulés. Aux ricanements cruels. Sans lui, tu destinais ton si joli petit manteau aux oubliettes.

Tu t'es lancée à sa poursuite. Tu as reproduit tes gestes, marché dans tes jeunes traces, rejoint le termi-nus, sans le récupérer. Ton bouton était gris vase, gris gadoue, gris béton, gris souris, gris ennui, gris dégoût. Gris ville. Gris camouflage. Gris impossible à décrire.

Pisteuse, tâtonneuse, tu as farfouillé dans chaque recoin, pénétré les entrées privées, foulé les pelouses à demi enneigées. C'était pourtant foutu, tu le savais déjà, aucune surprise pour toi. Tu voulais te conten-ter, te prouver que ta quête était ridicule et illusoire.

En cherchant ton bouton gris, tu as trouvé un gant de vaisselle.

Peine perdue, bouton égaré, pensées éparpillées. Les rencontres impromptues, non sollicitées, se font, c'est entendu, au hasard de la vie : en cherchant ton bouton gris, tu as trouvé un gant de vaisselle. Souillé, éventré, resplendissant. Un gant jaune sacrifié, sur son lit de douleur.

Tu n'en avais rien à retirer. Tu l'as alors contemplé, le temps de pleurer ton bouton. Ton deuil inachevé, tu as passé ton chemin. Les jours se sont succédé, tu as renoué avec tes anciennes amours — ton coupe-vent remisé dans la penderie.

Si tu avais connu la suite des événements, tu te serais attardée à ce débris. Empathique, tu te serais rapprochée. Si tu avais su qu'il incarnait le premier maillon d'une chaîne de destruction, tu l'aurais écarté de son état d'échouerie, l'aurais bercé contre ton sein.

En cherchant ton bouton gris, tu as trouvé un gant de vaisselle.

Un matin, tu t'en es aperçue, le gant avait quitté sa banquise, te léguant son fossile étoilé, imprimé à même la boue encore figée. Quelqu'un l'avait déraciné de son destin et lui en avait fourni un nouveau, détraqué, barbare, fidèle aux débuts de son existence.

Accroupie, la main ouverte, tu es entrée en contact avec la terre gelée. Tu n'as pas ressenti de tremblement intérieur. Ce gant n'était qu'un accessoire de cuisine, un objet dépareillé, un sac à microbes. Un revêtement synthétique et asocial, insensible aux vertus du toucher.

Puis, la neige s'est sérieusement mise à fondre. Les oiseaux ont recommencé à chanter. Tu as cessé de regarder tes pieds, les trottoirs n'étaient plus périlleux à emprunter. Ta vision s'est élargie, le panorama s'est offert à toi, exilant ton bouton au pays des souvenirs. En cherchant ton bouton gris, tu as trouvé un gant de vaisselle. Tu réussissais parfois à repérer le cratère créé par l'absence du gant — mais le gazon reprenait vie, se réappropriait ses droits. Tu ne t'es jamais posé de questions sur cette sale habitude, ce réflexe bien installé. C'était : réveil, coup d'œil au trou, autobus, boulot. La température s'est réchauffée, ton pardessus est resté au placard. Les crises impromptues, non sollicitées, ont lieu, c'est entendu, au hasard de la vie ; la secousse a été ressentie, un matin de ce printemps-là — on aurait dit l'été. Tu n'as plus supporté l'appel du vide. Tu as vu le creux rempli, saturé d'herbes luxuriantes, isolé de son histoire. C'était le signal, le moment où tu allais te déconnecter de ta propre folie. Affronter le choc. Comprendre. Tu as laissé le cri monter dans ta gorge. Vivant. Brûlant. Étranglé. En cherchant ton bouton gris, tu as trouvé un gant de vaisselle. Tu n'as pas accepté d'attirer l'attention, même paniquée. Tes excès, tu les as noyés. Rejetés. Tu as fait comme si tu possédais ce terrain, tu as joué les jardinières, le sourire aux lèvres, les ongles noircis, émoussés à force de ruiner la pelouse fautive.

Le gouffre désherbé et fragilisé, tu es retournée chez toi le menton relevé, la démarche digne, les genoux crottés. Ton pas ne s'est pas accéléré, ton pouls n'a pas oscillé. Tu te réservais pour l'intimité de ta maison. Ne pas afficher sa détresse. Se contrôler.

Tu as fermé la porte, taché la peinture blanche. *Who cared?* Tu as repêché ton si joli petit manteau éborgné, tu as lutté, en vain, contre ses boutons solidement attachés. Tu t'es rabattue sur les ciseaux de couture. Tu as étêté l'ennemi, foulé son cadavre. En cherchant ton bouton gris, tu as trouvé un gant de vaisselle. Tu n'étais pas contentée. Tu as poursuivi ton œuvre, planté les pointes de ton arme dans le tissu, déchiré la trame de ton drame hautement personnel. Tu t'es gardé les goussets pour la fin, les as violemment arrachés, tels des sparadraps — des dents pourries.

Tu l'as alors découvert : ton bouton de rechange fixé, par quelques points, à la doublure d'un reliquat de pochette. Une gracieuseté du fabricant. En cas de séparation. De fracture. De perturbation. Tu ne l'as pas anéanti. Absolution.

Tu as replié les pans de la retaille sur ton bouton. Tu as conservé ton précieux paquet entre les mains. Tu l'as embrassé et maintenu contre toi. Tu t'es effondrée sur le plancher, as constaté l'ampleur du désastre. Tu t'es mise à pleurer.

TU VAS REVENIR DANS QUELQUES MINUTES

Tu vas revenir dans quelques minutes. Nous avons choisi un terrain près des toilettes. Je vais entendre les cailloux crisser sous tes pas, tu vas essayer de redescendre le fermoir le plus délicatement possible, te glisser à mes côtés, m'embrasser la nuque, te réchauffer les doigts entre les cuisses et t'endormir contre moi.

Tu vas bientôt arriver. Dépêche-toi. Il nous reste encore quelques heures de sommeil. Nous nous réveillerons ensemble. Je te préparerai un bon café. Tu me prendras dans tes bras. Nous irons marcher sur la plage et regarder le soleil se lever. Nous ferons des plans pour la journée.

Tu as sûrement terminé, maintenant. Tu dois être en train de te laver les mains. Ou d'attacher ta veste. La nuit est froide. Tu dois être en train de tourner la poignée. Ou d'admirer les étoiles. Ou de chercher le bouton de la lampe de poche.

Tu n'arrives pas. Ta place est froide, maintenant. Qu'est-ce que tu fais? Tu as toute une vessie! Ne t'inquiète pas, je garde les couvertures au chaud... Je t'attends, mon amour. J'espère que tu ne t'es pas sentie mal. Tu as les intestins si fragiles. Peut-être as-tu besoin de moi. Peut-être veux-tu que je te rejoigne? Peut-être

prends-tu ton temps. Peut-être désires-tu être seule...
Je m'énerve pour des riens.
Tu n'es pas là. Je tends l'oreille. J'aiguise mes sens.
Je perçois le bruit des vagues et des camions, au loin.
J'écris des scénarios dans ma tête. Les catastrophes se
succèdent. Je suis prisonnière de mes agitations. Es-tu
tombée? T'es-tu évanouie? Souffres-tu d'insomnie?
As-tu été attaquée par un animal? Es-tu blessée? per-
due? malade? Où es-tu? Que fais-tu? Qu'attends-tu?
Es-tu fâchée?
M'as-tu quittée?
Je ne vois rien. Je ne trouve pas la lampe. As-tu
pris ce qui t'appartient? Je ne t'ai pas sentie bouger. Je
tâtonne et ne trouve rien. As-tu pris tes clés? ton téléphone? tes lunettes? tes vêtements?
M'as-tu quittée?
Je ne t'ai pas entendue démarrer. L'odeur de l'essence ne m'a pas réveillée. Peut-être as-tu préféré
marcher. J'espère que tu as réussi à te repérer dans le
noir. Que tu es déjà rendue à l'arrêt d'autobus. Que
personne ne t'a importunée. Que tu es en sécurité.
Que tu penseras à moi.
Je m'améliore, pourtant. Je fais des efforts. Ce n'est
pas le temps de me quitter, je prends du mieux. C'est
peut-être trop pour toi... Tu t'es lassée de nous deux.
Tu n'en peux plus. Tu préfères te libérer de notre
union. Tu baisses les bras. Tu me laisses seule avec ce
qu'il reste de nous deux.
Tu n'es plus là.
Tu peux revenir, tu sais. Je feindrai de dormir. Je
serai à la fois blessée par ton départ et soulagée par
ton retour. Je ne te poserai pas de questions. Je ne te

bouderai pas. Je serai compréhensive. J'apprécierai ta présence. J'allégerai notre vie. Je me ferai toute petite. Reviens, mon amour.

Reviens.

M'as-tu quittée ?

Le jour se lève. La toile se réchauffe. Je plisse les yeux et j'entrevois les objets qui m'entourent. J'étire le bras et j'atteins le fermoir. Je me redresse et je sors la tête de la tente. Je prends mes jumelles et je t'aperçois, pieds nus, qui marches sur la plage, les cheveux attachés, les mains dans les poches, sans bagage, aérienne.

Tu es là.

J'empêche mon cœur de sortir de ma cage thoracique.

Tu es si belle, mon amour. Que fabriques-tu avec moi ?

Tu n'arrivais plus à dormir. Tu étais partie te promener, c'est tout. Tu as fait un beau rêve, tu étais bien, tu voulais être seule, prolonger ton bonheur. Tu voulais voir la nature s'éveiller.

Je t'attends.

Tu vas revenir dans quelques minutes. Tu vas te glisser à mes côtés, m'embrasser la nuque, me dire que tu m'aimes, me prendre dans tes bras, me consoler, me promettre de rester. Tes mains seront chaudes.

SUPER BOUCHÉE

Consuelo conduit sa SUPER bagnole d'une main et tient son SUPER déjeuner de l'autre. Il lui en faudrait une troisième pour l'aider à boire son SUPER cappuccino, une quatrième pour rajuster ses SUPER lunettes, une cinquième pour se sélectionner un SUPER nouveau *hit* et peut-être même une sixième pour consulter sa SUPER boîte vocale.

Elle prend une SUPER bouchée dans son SUPER bagel fromage à la crème, le dépose ensuite sur sa cuisse, s'essuie la bouche distraitement, monte le volume de sa SUPER radio et prend son verre de SUPER café. Elle mange lentement, mâche et remâche. Il n'y a pas le feu. C'est jour de congé.

Consuelo tente de boire sa SUPER boisson, sa SUPER bouchée rangée dans sa joue. Son SUPER café est bouillant. Elle continue de mastiquer et évite de justesse un nid de poule. Son SUPER bagel tombe à ses pieds, son SUPER cappuccino se renverse sur ses genoux, sa SUPER bouchée se coince dans sa gorge.

Consuelo en oublie de penser et n'est plus que sensations. La brûlure qui s'étend sous son SUPER pantalon. Le SUPER pain qui bloque sa trachée. Ses poumons qui demandent grâce. Les couleurs qui

pâlissent. Le SUPER accélérateur qui s'enfonce. La
SUPER musique qui envahit le SUPER habitacle. Les
cris qui viennent de l'extérieur. Consuelo en oublie de penser. La panique prend
le relais. Il n'est plus question de se stationner ou de
contrôler son SUPER bolide. Plus question d'éviter la
mort d'un innocent. Elle se rapproche rapidement de
la chaîne de trottoir, des lampadaires, bancs publics,
bacs de fleurs, arbres, vitrines de restaurant, murs de
brique, cyclistes, passants, poussettes, chiens en laisse.
Il est plutôt question de s'en sortir, même paraly-
sée. De survivre, de lutter, d'espérer voir la suite. De
rester consciente. De persister, de grandir, de changer,
d'apprendre, de comprendre, de souffrir, de savoir, de
partager, de vieillir, de renaître, de faire mieux la prochaine fois.

La vie ne tient qu'à un fil, à une SUPER bouchée ou
à un SUPER coussin gonflable. La vie ne tient qu'à un
nid de poule, à un SUPER café renversé ou à un bon
samaritain.

Le corps de Consuelo ne se fracasse pas sous l'im-
pact. Ses organes, son squelette et ses réflexes restent
intacts. Sa jeunesse, ses rêves et son désir de vivre aussi.
Ses perceptions, sa souffrance et son affolement
sont réels.

Étourdie, le regard obscurci, les joues écarlates, elle
voudrait repousser le SUPER *airbag* d'une main et détacher sa SUPER ceinture de l'autre. Il lui en faudrait une
troisième pour se tenir la gorge, une quatrième pour
éponger le sang qui coule de sa lèvre, une cinquième
pour retirer ses SUPER lunettes de son nez meurtri et
peut-être une sixième pour ouvrir sa SUPER portière.

PRENDS TA POUSSETTE À DEUX MAINS

Plisse les yeux, observe bien, tu vas l'apercevoir, la brèche, aussi grosse qu'un fossé, tu vas pouvoir la cerner et l'étudier, remarque le peloton de tête et les poussettes à la traîne, les différences sont quasi imperceptibles, c'est un groupe homogène, elles sont nées du même moule, les dents éclatantes, le vernis impeccable, la repousse camouflée, la démarche calculée, le survêtement *urban chic* privilégié, leur rang est respecté, tout est affaire de castes, dominantes, dominées, elles restent à leur place, une armée de clones, une meute en mouvement.

Concentre-toi, attarde-toi aux visages, détecte les failles, certaines ont le regard fuyant, les épaules basses, le sourire las, essaie de comprendre, fais travailler ton imagination, marche à leurs côtés, apprivoise-les, incarne-toi en elles, accroche-toi à ta poussette, comme elles, ajuste ta cadence, ignore ta fatigue, retrouve ta ligne, surpasse-toi, augmente la pression, c'est insuffisant, ce sera toujours insuffisant, rentre-toi-le dans la tête, intègre-le à tes mantras, que cette pensée t'habite, qu'elle devienne toi.

Exerce-toi, deviens l'une d'entre elles, enrôle-toi, participe au défilé, après tout, ce n'est qu'une balade, une incartade entre filles, une saucette dans la nature, accepte ton sort qui n'en est pas un, c'est une chance, tu es née sous une bonne étoile, elle éclaire tes pas, ton chemin est tracé, suis-le, prends conscience de ton bonheur, tu n'as pas à réfléchir, les autres pensent et choisissent pour toi.

Arrête.

Arrête-toi.

Arrête ta poussette.

Cette promenade n'est pas une promenade, c'est un châtiment, une sortie surveillée, ton statut n'est pas un statut, c'est une condamnation, pense liberté, cocon, douceur, repos, ressens-le dans tes tripes, ta place n'est pas ici, ta poussette seule te garde éveillée, pense déchirement, implosion, révolution, ressens-le dans tes tripes, ta place n'est pas ici, ta poussette ne t'aiguille pas, prends-la à deux mains, tire-toi, distance-les, tu n'appartiens pas à cette sororité artificielle, prends les devants, fuis, désincarne-toi, redeviens toi.

Arrête.

Arrête, je te dis !

Fais ce que tu veux.

Plantes-y les pieds, dans ta brèche, envoie ta poussette dans le fossé, perds-toi, allez, va les rejoindre, essouffle-toi, elles ne t'attendront pas, défonce-toi, elles ne se retourneront pas, dépêche-toi, ne deviens pas la cinquième roue du carrosse, reprends le tempo, c'est ça, réintègre le groupe, quel soulagement, fusionne-toi au noyau, quel soulagement, continue de te mentir, quel soulagement, renonce à te battre, quel soulagement, pends-toi à ta poussette, quel soulagement, la faille est si grande, quel soulagement, la faille est si grande, tu t'y noies déjà.

Plisse les yeux, regarde celle que tu aurais pu être, ce sera pour une autre fois, dans une prochaine vie, dans tes fantasmes ou peut-être jamais, celle que tu aurais pu être te survivra, ressuscitera, encore et encore, celle que tu aurais pu être luttera pour sa survie, voyagera de corps en corps, de femme en femme, de tête en tête, de cœur en cœur, celle que tu aurais pu être prendra sa poussette à deux mains, quel soulagement, celle que tu aurais pu être prendra sa vie à deux mains.

CHANTAL ET LES DEMOISELLES

SETH OU MELISSA DANS LEUR PROPRE RÔLE

Seth ou Melissa existent si leur mère pense à eux. Enfants rêvés, enfants parfaits, enfants pratiques, ils se contentent d'être sporadiquement évoqués dans les intrigues élaborées par leur mère. Sacrifiés à toutes les sauces et fidèles au texte, ils y jouent leur propre rôle.

Aujourd'hui, la scène intitulée «Seth ou Melissa se retrouvent soudain seuls» se tiendra dans un centre commercial. Ils le savent, ils vont y goûter. C'est l'épisode préféré de leur mère, le mieux écrit, le mieux structuré, celui des grands jours. L'événement déclencheur restera le même, le déroulement et la conclusion aussi, seul le décor changera.

Seth ou Melissa connaissent la routine, apprise à leurs dépens. Les règles sont claires, il n'est pas question de s'adresser à un adulte, de téléphoner, de se mettre à pleurer ou à crier. Ils doivent d'abord se recroqueviller, tenter ensuite d'apercevoir les chevilles de leur mère parmi celles des clientes, se redresser, humer l'air, isoler son parfum, se laisser guider par les derniers relents, décider d'un point de départ puis, enfin, déclarer la chasse ouverte.

Elle peut être n'importe où. Plus le temps passe, plus les indices disparaissent. Le centre commercial ressemble à une gigantesque ruche, clinquante et assourdissante, dont chaque alvéole débouche sur un noyau unique. Seth ou Melissa révisent leurs stratégies, priorisent quelques actions, maîtrisent leur trac, se concentrent avant d'entrer en scène, posent un premier pied dans l'arène.

Les dés sont évidemment pipés. Protagonistes engagés de force, ils le savent, ils ne pourront jamais tirer les ficelles de leur propre existence. Chaque décision, déplacement, arrêt, pensée seront connus de leur mère. Ils sont déjà vaincus. Elle les a tricotés et conditionnés, elle aura toujours une longueur d'avance sur eux.

Abattus, Seth ou Melissa s'acharnent tout de même. Peut-être leur aventure sera-t-elle aujourd'hui couronnée de succès ? Peut-être leur mère interrompra-t-elle exceptionnellement leur calvaire ? Peut-être la croiseront-ils au hasard d'une boutique, se jetteront-ils dans ses bras, récupéreront-ils le cordon qui les relie ? Peut-être rêvent-ils, tout simplement, peut-être se réveilleront-ils, collés tout contre elle, enfermés dans sa chaleur ?

Ils visitent discrètement et méthodiquement chaque boutique, restaurant ou salle de toilette, reprennent leur manège, modifient leur cadence, recommencent, ce n'est qu'une question de probabilités, ils la retrouveront tôt ou tard, font la visite une quatrième fois, s'assoient, attendent. Et si leur mère était sortie du centre commercial ? Et si elle se cachait, les suivait ou n'avait pas remué d'un poil ?

Seth ou Melissa ne bougent plus. Les dernières lignes de la scène s'écriront devant eux. Ils le savent, bientôt ils ne seront plus seuls. L'histoire s'achèvera sans effusion de joie, silencieusement, hypocritement.

Les règles seront claires, ils joueront leur rôle jusqu'au bout, contrôleront les battements de leur cœur, afficheront un visage d'enfant docile et effacé, un visage qu'ils croient être le bon, marcheront sur leur douleur, oublieront jusqu'à leur nom, deviendront leur propre personnage. Ils sentent le parfum de leur mère avant même de l'apercevoir. C'est le signal. Ils se lèvent, la repèrent, la rattrapent, ajustent leurs pas aux siens, s'accrochent à son pantalon. Seth ou Melissa existent si leur mère pense à eux. Enfants rêvés, enfants parfaits, enfants pratiques, ils se contentent de marcher à ses côtés, de servir d'accessoires, de décor et de figurants, en espérant un prochain scénario.

CHANTAL, LA VOISINE D'À CÔTÉ, CELLE QUI ARROSAIT LES FLEURS ET LES PLANTES

Chantal, la voisine d'à côté, celle qui arrosait les fleurs et les plantes, possédait une beauté à couper le souffle et une grâce à rendre jaloux son propre reflet. *Chantal, la voisine d'à côté, celle qui arrosait les fleurs et les plantes,* se vêtait d'étoffes issues du pays des fées et se coiffait telle une poupée de porcelaine.

Chantal, la voisine d'à côté, celle qui arrosait les fleurs et les plantes, n'était qu'un diamant brut, un accroc de la nature, une perle qu'on vous a enfoncée de force dans le gosier. *Chantal, la voisine d'à côté, celle qui arrosait les fleurs et les plantes,* était un cadeau que vous n'auriez pas dû accepter.

Très chers messieurs du condo de droite, celui bâti sur deux étages, avec garage et terrasse sur le toit, Chantal vous a été confiée par erreur. Vous avez été ensorcelés et n'avez pas voulu reculer. *Très chers messieurs du condo de droite, celui bâti sur deux étages, avec garage et terrasse sur le toit,* vous marchiez de toute façon sur la corde raide, sans égard pour le fil ténu de votre existence.

Très chers messieurs du condo de droite, celui bâti sur deux étages, avec garage et terrasse sur le toit, vous étiez privilégiés par la loterie de la vie et alliez saisir votre chance, coûte que coûte. *Très chers messieurs du condo de droite, celui bâti sur deux étages, avec garage et terrasse sur le toit,* vous vous êtes comportés comme deux adolescents, cabotins et empressés.

Chantal, la timbrée du palier, celle qui vous a regardés, des questions et des soucis plein les yeux, désirait votre bien et vous l'a offert sur un plateau. *Chantal, la timbrée du palier, celle qui vous a regardés, des questions et des soucis plein les yeux,* n'a pas reconnu vos frontières et vous a bousculés avec grâce.

Chantal, la timbrée du palier, celle qui vous a regardés, des questions et des soucis plein les yeux, s'est imbibée de vous et vous a proposé un marché. *Chantal, la timbrée du palier, celle qui vous a regardés, des questions et des soucis plein les yeux,* s'est mise à nue et son âme vous a aveuglés.

Très chers messieurs, proprets, prospères et pointilleux, adeptes de la pureté de la ligne et du ton, le diable vous a tendu sa plume à la signature du contrat. Son encre était empoisonnée. *Très chers messieurs, proprets, prospères et pointilleux, adeptes de la pureté de la ligne et du ton,* vous avez scellé votre entente dans le sang et éclaboussé les murs de votre regrettable innocence.

Très chers messieurs, proprets, prospères et pointilleux, adeptes de la pureté de la ligne et du ton, même javellisé, repeint ou rénové, votre logis portera toujours les couleurs de cet accord passé en enfer. *Très chers messieurs, proprets, prospères et pointilleux, adeptes de la pureté de la ligne et du ton,* vos actes de contrition ne guériront jamais les blessures de votre chute.

Chantal, Chantal, douceur incarnée, agneau sacrifié sur l'autel du pouvoir et de la satisfaction instantanée, la douleur irradiera à chacun de ses mouvements.

Chantal, Chantal, douceur incarnée, agneau sacrifié sur l'autel du pouvoir et de la satisfaction instantanée, le poids de ses actions arquera et pâlira sa silhouette.

Chantal, Chantal, douceur incarnée, agneau sacrifié sur l'autel du pouvoir et de la satisfaction instantanée, ses pieds fouleront les végétaux qu'elle a tant chéris.

Chantal, Chantal, douceur incarnée, agneau sacrifié sur l'autel du pouvoir et de la satisfaction instantanée, ses yeux s'immobiliseront sur le néant.

Très chers messieurs, au cœur brisé et au souffle altéré, au corps secoué et à l'esprit aliéné, votre système nerveux, rebelle et chatouilleux, vous lâchera comme une vieille bagnole usée. *Très chers messieurs, au cœur brisé et au souffle altéré, au corps secoué et à l'esprit aliéné,* vous contemplerez votre voisine s'écrouler et penserez que tout ça est triste, bien triste.

Très chers messieurs, au cœur brisé et au souffle altéré, au corps secoué et à l'esprit aliéné, la dépouille fluette de Chantal vous bloquera le chemin et vous détournera de votre rédemption. *Très chers messieurs, au cœur brisé et au souffle altéré, au corps secoué et à l'esprit aliéné,* vous verrez en Chantal ce que vous n'avez pas trouvé en vous, pauvres cadavres en puissance.

Chantal, ange aphasique gisant sur un lit de feuilles pourries, Mère Nature l'aidera à se lier à sa flore sacrifiée. *Chantal, ange aphasique gisant sur un lit de feuilles pourries,* femme-enfant endommagée, trop tôt propulsée vers un avenir anthracite, les vers essaieront, en vain, de se repaître de sa lumière.

Chantal, ange aphasique gisant sur un lit de feuilles pourries, aucun effluve de sublimation ne se dégagera de son enveloppe terrestre. *Chantal, ange aphasique gisant sur un lit de feuilles pourries,* un simple coup de vent balaiera ses rêves, ses cendres, ses porteurs de mémoire.

Très chers messieurs, submergés de regrets et envahis de métastases, oui, vous parviendrez, avec un porte-poussière, à rassembler les restes disséminés de Chantal, mais ne pourrez capter ses derniers instants. *Très chers messieurs, submergés de regrets et envahis de métastases,* l'essence de Chantal lui appartiendra en propre et vous errerez, frustrés, mortifiés.

Très chers messieurs, submergés de regrets et envahis de métastases, Chantal sera omniprésente, flottera au-dessus de vous, effleurera la cime des arbres, rasera les champs, dansera avec le vent. *Très chers messieurs, submergés de regrets et envahis de métastases,* Chantal s'élèvera, libre et légère, et votre jalousie alourdira votre présence en ce monde.

Chantal, la voisine d'à côté, celle qui arrosait les fleurs et les plantes, agira, pareille à une impression, un souffle, sur les reliquats de votre histoire commune. *Chantal, la voisine d'à côté, celle qui arrosait les fleurs et les plantes,* ne vous contactera pas, ne deviendra pas votre spectre idéalisé, attaché à sa forme humaine.

Chantal, la voisine d'à côté, celle qui arrosait les fleurs et les plantes, trouvera qu'il est bon, juste bon, d'évoluer parmi les nuages. *Chantal, la voisine d'à côté, celle qui arrosait les fleurs et les plantes,* découvrira qu'il est doux, juste doux, de voir plus loin que l'horizon proposé.

Très chers messieurs du condo de droite, celui bâti sur deux étages, avec garage et terrasse sur le toit, peut-être qu'avec le temps, vous vous approprierez votre juste part de responsabilité dans tout cet embrouillamini. *Très chers messieurs du condo de droite, celui bâti sur deux étages, avec garage et terrasse sur le toit,* peut-être qu'avec le recul, Chantal ne vous brouillera plus le regard.

Très chers messieurs du condo de droite, celui bâti sur deux étages, avec garage et terrasse sur le toit, peut-être réviserez-vous votre destin et éviterez la pétrification de votre statut. *Très chers messieurs du condo de droite, celui bâti sur deux étages, avec garage et terrasse sur le toit,* pour Chantal, peu importe votre décision, la suite des événements ne l'inclura jamais.

LE FÉMININ SERA UTILISÉ POUR ALLÉGER LE TEXTE

Ce n'est

Majorette[1']. Minette. Fillette. Poulette. Soubrette. Yvette. Tapette. Pas soldate, chevalière, pirate, héroïne, aventurière ou Dieu. Une moitié d'homme. Une moins que femme.

Peut-être

Pompons. Paillettes. Rubans. Bouclettes. Froufrous. Mascara. Claquettes. Pas musclée, poilue, impulsive, colérique, crottée ou grognonne. Une moitié d'homme. Une moins que femme.

Pas

Utérus. Ovaires. Hanches. Trompes. Seins. Ovules. Pas de prostate, de couilles, de pomme d'Adam, de spermatozoïdes. Une moitié d'homme. Une moins que femme.

La bonne solution

Fragile. Délicate. Puritaine. Bonne fille. Insignifiante. Soumise. Pas délinquante, rustre, insensible, consanguine, bûcheronne ou obscène. Une moitié d'homme. Une moins que femme.

1' Le féminin sera utilisé pour alléger le texte.

135

De

Mère. Infirmière. Enseignante. Psychologue. Travailleuse sociale. Éducatrice. Pas enfantine, joueuse, rigolote, fofolle ou déconnectée d'elle-même. Une moitié d'homme. Une moins que femme.

S'autodétruire

Traditions. Reproduction. Chemins tracés. Conventions. Emprisonnement. Pas rebelle, dissidente, libre, authentique ou affranchie. Une moitié d'homme. Une moins que femme.

Ainsi

Fermeture. Préjugés. Ignorance. Bêtise. Mépris. Indifférence. Rigidité. Pas humaine, divergente, artiste, curieuse, engagée ou passionnée. Une moitié d'homme. Une moins que femme.

De

Éteinte. Déprimée. Vide. Esseulée. Abattue. Sacrifiée. Pas vibrante, exaltée, habitée de projets ou tournée vers l'avenir. Une moitié d'homme. Une moins que femme.

Nier

Ridée. Sèche. Anguleuse. Froide. Cassante. Amère. Pas jouissive, insouciante, gaie, accueillante ou épanouie dans ses courbes. Une moitié d'homme. Une moins que femme.

La moitié de soi

Anéantie. Dépassée. Écrasée. Soufflée. Rasée. Assassinée. Morte. Pas de dos droit, d'épaules dégagées ou de menton fier. Une moitié d'homme. Une moins que femme.

Dans

Tête penchée. Colonne voûtée. Bras ballants. Poings serrés. Lèvres pincées. Regard morne. Pas sautillante, légère ou un peu comme Elles. Une moitié d'homme. Une moins que femme.

Le simple but

Manipulable. Manipulée. Manipulatrice. Cruelle. Cruella. Sans cœur. Sans âme. Pas aimante, aimable, aimée, respectée ou bercée. Une moitié d'homme. Une moins que femme.

De renaître

Néant. Désert. Océan mêlé à l'horizon. Paysage lunaire. Rafales de vent, interminables. Pas de jardin zen ou de paradis. Une moitié d'homme. Une moins que femme.

Et de guérir

Asphyxie. Répression. Repli. Extinction. Soustraction. Paralysie. Noyade. Pas de soulagement, de consolation ou d'occasion de souffler, égoïstement. Une moitié d'homme. Une moins que femme.

Il existe

Mélancolie. Nostalgie d'un idéal jamais vécu. Douleur de ne pouvoir habiter ses rêves. Pas envisageable, réalisable ou souhaitable. Une moitié d'homme. Une moins que femme.

Sûrement

Ignorée. Affamée. Impuissante. Rageuse. Violente. Persécutée. Pas de communion, de collusion ou de solution, merde. Une moitié d'homme. Une moins que femme.

Une autre voie

Coup. De. Poing. Au. Visage. Blessure. Impré-
gnée. À. Vie. Dans. Le. Corps. Et. L'âme. Pas caressée
ou considérée. Une moitié d'homme. Une moins que
femme.

À

Quotidien. Lourd. À. Porter. Pour. Une. Personne.
Qui. Détonnera. Toujours. Pas de changement à l'ho-
raire pour madame, que non. Une moitié d'homme.
Une moins que femme.

Explorer

Ombre. Qui. S'étire. Lentement. Sur. Un. Amour.
Qui. Ne. Sera. Malheureusement. Jamais. Partagé. Pas
de gazouillis ou de babillements. Une moitié d'homme.
Une moins que femme.

Il

Enfance. Frisettes. Chignon. Lulus. Crinoline.
Souliers brillants. Colliers fleuris. Pas de chance, la
tomboy a dû se cacher. Une moitié d'homme. Une
moins que femme.

N'y aura

Attendre. De. Frapper. Un. Mur. Des années.
Plus. Tard. À. L'âge. Adulte. Quelle. Surprise. Pas de
maquillage, zéro masque. Une moitié d'homme. Une
moins que femme.

Jamais

Personne. Ne. Peut. Consciemment. Se. Réserver.
Une. Existence. Aussi. Rocailleuse. Pas d'équilibre,
aucune impunité, des jugements, partout, internes,
externes. Une moitié d'homme. Une moins que femme.

D'enfants

Se relever. Se rebâtir. Trouver un sens. Retomber. Voir la réalité. Telle. Quelle. Pas d'enfantement ou de fusion. Le féminin sera utilisé pour alléger ma souffrance.

Ici.

TERMINÉ

Dégager l'entrée, pelleter l'escalier, cinq marches, quatre marches, trois marches, deux marches, une marche. Terminé. Se frayer un chemin jusqu'à la voiture. Terminé. Sortir l'auto de son cocon, l'épousseter, prendre ses signes vitaux. Terminé. Revenir à la maison, enlever ses pelures, les faire sécher. Terminé. Remettre son pyjama, se verser un café, lorgner par la fenêtre. Terminé. Savoir son devoir accompli, se féliciter du travail bien fait, ressentir une immense satisfaction. Terminé. Téléphoner au bureau, espérer le *statu quo*, tomber — merde — en congé forcé. Terminé. Appeler ses collègues, leur apprendre la nouvelle, entendre leurs cris de joie, leur souhaiter une bonne journée. Terminé. Réveiller sa blonde doucement, la contempler en train de s'étirer. Terminé. Lui servir un café, déjeuner avec elle, lire le journal enfin livré. Terminé. Écouter son amour prendre sa douche, chanter, se sécher les cheveux. Terminé. Dire au revoir à sa belle, la regarder descendre les marches nettoyées, la voir disparaître derrière un banc de neige. Terminé. Fermer la porte, retrouver sa solitude, plonger dans le silence. Terminé. Rester debout, se figer, se noyer dans l'hésitation. Terminé. S'asseoir sur les lattes de bois glaciales, courber l'échine, se mettre à pleurer. Terminé. Laisser les larmes imbiber son pantalon, relever la tête, renifler, consulter l'horloge. Terminé. Tenter de se relever, réussir, se tenir au cadre de porte, pousser un soupir. Terminé. Se moucher, rassembler ses idées, les sentir s'échapper, en capturer une. Terminé. Prendre sa douche à son tour, se crémer, se maquiller, se parfumer, se coiffer, choisir ses vêtements avec soin, les enfiler. Terminé. Prendre sa mallette, sortir de la maison, verrouiller la porte, descendre les marches, lancer ses clés dans une congère. Terminé.

Marcher jusqu'au métro, affronter le vent, enjamber les amoncellements de neige. Terminé. Trouver une poubelle vide, y jeter sa mallette, payer son passage. Terminé. Descendre quatre stations plus tard, repérer son bureau, sentir ses entrailles remuer. Terminé.

Coller son visage contre la vitre, scruter l'obscurité, tirer la poignée plusieurs fois, abdiquer. Terminé. Enlever ses mitaines, caresser le logo de la compagnie, dégager l'entrée avec ses bottes, astiquer l'adresse avec sa manche. Terminé. Désirer que tout soit différent, trembler de la tête aux pieds, commencer à sangloter, cracher sur la porte, la frapper, s'arrêter. Terminé.

Reculer, s'arracher à son délire, embrasser l'immeuble du regard, résister à son emprise. Terminé. Se gifler, revenir à la réalité, la voir telle qu'elle est, comprendre, s'essuyer les yeux. Terminé. Remettre ses mitaines, rire nerveusement, s'en vouloir, se donner envie de vomir. Terminé.

Quitter l'enfer, le traîner avec soi, se tenir la joue, ignorer sa destination, se perdre dans la foule. Terminé. Perdre la notion du temps, sa tête, ses acquis. Terminé. Suivre les autres, leurs traces, leur mouvement. Terminé. Errer, s'épuiser, se tuer. Terminé. Laisser pendre ses bras le long de son corps, garder sa gorge découverte, accueillir l'hiver dans son corps. Terminé. Imaginer ses orteils bleuir, ses joues blanchir, ses oreilles se détacher, son nez noircir, ses poumons se cristalliser, ses pensées s'évaporer, son pouls ralentir, sa vie s'échapper. Terminé.

Percevoir un changement dans l'atmosphère, voir quelques flocons virevolter, assister à la naissance d'une nouvelle bordée, observer la neige s'accumuler. Terminé. Enregistrer les modulations de la circulation, constater l'absence de lumière, paniquer. Terminé. S'immobiliser, s'orienter, modifier sa course, suer, grelotter. Terminé.

Courir, perdre l'équilibre, glisser, se remettre d'aplomb, haleter, pleurer, bousculer les passants. Terminé. Chercher à se mettre à l'abri, souhaiter en finir, là, maintenant, craindre ses désirs, la réalité. Terminé. Ralentir le pas, reprendre son souffle, se couvrir le cou, ajuster son manteau, s'éponger le nez, remonter son capuchon, dérouiller ses mâchoires, relever ses épaules. Terminé.

Trouver sa maison, la savoir habitée, soupirer. Terminé. Monter l'escalier, cinq marches, quatre marches, trois marches, deux marches, une marche. Terminé. Hésiter, sonner, apercevoir le sourire de sa compagne, la prendre dans ses bras, respirer ses cheveux, toucher sa peau, fermer les paupières, taire sa journée. Terminé.

Revenir à la chaleur, sentir son corps reprendre vie, penser *home sweet home.* Terminé. Souper avec sa blonde, l'écouter raconter sa journée, l'embrasser, se relaxer, se lever de table, laver la vaisselle. Terminé.

Remettre son manteau, prendre la pelle, se débarrasser de la nouvelle neige, retrouver ses clés, penser à s'acheter une autre mallette.

LA DAME AUX CROTTES
ET LES DEMOISELLES

LA GRENOUILLETTE EST AUSSI UNE TUMEUR

La Grenouillette est assise sur la plage; à gauche, à droite, deux murs de foin. Devant elle, la mer. Peu importe. Elle est heureuse d'avoir les fesses calées dans le sol mou et chaud. Elle est bien. Elle est en maillot. Elle a le dos au vent, les cheveux emmêlés, la peau parsemée de grains de sable. Tableau idyllique, figé dans l'instant. Une minute avant, une minute après, le bonheur n'existe pas.

Personne ne la voit. Habituée, elle rigole doucement, chante et se parle à elle-même. Son amie la solitude est devenue une certitude, une obligation. «Les enfants, ça doit apprendre à s'ennuyer.» La Grenouillette ressent les implications de cette sentence crève-cœur. Elle ne possède pas les mots pour la contester. Que des émois.

Définition de «grenouillette»: plante aquatique à fleurs blanches. Ou tumeur sous la langue. C'est Robert qui le dit. La Grenouillette ne lit pas, ses yeux ne s'accrochent pas encore à ces nombreux et mystérieux symboles. Elle a le champ libre. Elle laisse son regard voyager, percevoir, explorer. Elle peut comprendre et deviner, à son âge, ce qui est écrit entre les lignes.

Bien qu'intuitive, elle sait rester humble. La fée qui s'est jadis penchée sur son incubateur l'a destinée à un monde de retenue et d'abdication. Dans sa bulle minuscule, quelque part au milieu de nulle part, là où l'austère et l'insipide se rencontrent, elle se roule en tout petit paquet. Dans cet espace-temps qui lui appartient à elle seule, il n'y a ni coup, ni insulte, ni humiliation.

Elle est en sécurité. Elle fredonne. ♪ *Maman, les p'tits bateaux qui vont sur l'eau ont-ils des jambes? Ma fille, tu me fatigues, je n'en peux plus d't'entendre jacasser. Maman, les p'tits bateaux qui vont sur l'eau ont-ils des bras? Tu as un frère, tu as une sœur, tu as un père, lâche-moi un peu. Maman, les p'tits bateaux qui vont sur l'eau ont-ils un cœur?* ♪

La Grenouillette tend la main, écarte ses doigts et imprime une étoile à même le sable. Cinq branches fugaces, cinq bras de rivière asséchés. Elle pousse un soupir, efface son dessin, s'essuie sur son ventre et s'appuie le front sur ses genoux. Elle ferme les yeux. Révise les chansons qu'elle maîtrise. *Frère Jacques* sort gagnant, pour le moment.

♪ *Frère Jacques, Frère Jacques, êtes-vous fou, êtes-vous fou? M'aimerez-vous peut-être, m'aimerez-vous peut-être, frappe, pince, tire, frappe, pince, tire.* ♪ Elle s'allonge sur le dos, place ses poignets sous sa nuque. Ses paupières restent closes. Barricadées. Hermétiques. Le soleil voudrait les pénétrer, mais ne fait que les brûler.

Il y a de l'action dans le ciel. Les couloirs aériens se croisent et se détricotent, les *jets* se confondent avec les aigles pêcheurs, goélands et autres sternes, les nuages s'effilochent telle de la barbe à papa. La Grenouillette n'assiste pas à ce ballet. Elle préfère s'engourdir le

corps et les pensées en se concentrant sur sa musique intérieure. Son intime tragicomédie.
♪ *Partons, la mère est belle, réveillons-nous, dormeurs. Le trou au fond de la barque va tous nous faire couler. Ô mère, haïssons les vagues de nous faire chavirer. Pas d'bouée, pas d'veste de sauvetage, pas d'fusée d'reconnaiss — pffrt!* Elle est prise d'un fou rire qui s'amplifie et s'éternise, lui donne des crampes et la fait larmoyer.

Encore secouée de spasmes, elle s'étonne d'avoir les joues mouillées. La Grenouillette est une enfant qui ne pleure pas. Cette nouvelle humidité l'irrite et la bouleverse. Ce n'est plus censé se produire. Comme ses fuites, la nuit. Des accidents. Des ruptures de contrat! Elle relève le menton, présente son visage au vent, laisse le temps confondre le sel de ses larmes avec celui de l'air marin.

Arrête de chialer, de crier, de rouspéter, de bouder, de parler, de bouger, de courir, de jouer, de rigoler, de chanter, de danser, de penser, de rêver, de dessiner, d'espérer, de sourire, de câliner, de tousser, d'éternuer, de respirer. Arrête d'être là.

Reste: immobile quand je te frappe, stoïque quand je me moque de toi, indifférente quand la douleur irradie dans tes reins, calme quand tu en as le souffle coupé, focalisée quand je te dicte mes requêtes, en déni quand la tristesse envahit ton âme, ancrée dans le présent quand la lourdeur de tes jours te fait partir en orbite.

La Grenouillette est une plante aquatique à fleurs blanches. Ses racines se déploient et cherchent sans cesse une terre d'accueil. Elle est également une tumeur sous la langue. Elle n'a pas sa place, n'est pas désirée.

Crabe mortel, elle doit être éradiquée. Ses cellules sont pourries, sales et vilaines. Laides. Méchantes. ♪ *Donnez-moi, donnez-moi de l'oxygène. Enl'vez-moi ce poids de moi. Montrez-moi, montrez-moi la porte de sortie. Oubliez-moi, c'est plus la peine. Comme toutes les autres femmes, ma mère a enfanté. Et rendue à moi, c'était une de trop.* ♪ La Grenouillette admire Diane Dufresne. Son destin, extraordinaire. Ses costumes de scène, *out of this world*. Son métier, incroyable. Ses chansons, bouleversantes, même si elle ne les déchiffre pas entièrement. Sa fougue, électrisante, son énergie, débordante.

L'artiste est increvable. Et différente. La Grenouillette se tourne sur la bedaine, s'étire les membres en faisant attention de ne pas avaler de sable et reste ainsi, écartelée, la joue contre le sol. Elle songe à son idole. ♪ *J'ai cinq ans, môman. Il est pas mal temps. Que je fiche le camp. Hé, tu m'entends? C'est mort, ici, tu es un fantôme, une ombre. Je n' pass'rai pas ma vie dans un garde-robe.* ♪

La Grenouillette ouvre enfin les yeux. Sa vue, brouillée, s'ajuste à l'intensité de la lumière, son cerveau, électrisé, s'adapte au choc de la réalité : elle ne fait pas partie de la famille. Elle détonne. Sa personnalité fracasse les conventions. Ses idées bouleversent l'ordre établi. Ses couleurs éclaboussent les traditions. Le monde n'est pas prêt à l'accueillir, à lui dérouler le tapis rouge vers sa propre intégrité. Les portes sont encore closes.

Elle se lève, se prend dans ses bras, secoue sa chevelure, étouffe un sanglot. Elle se tient, debout, droite comme un i. Devant elle, l'horizon, trop large. Aucun gratte-ciel pour lui bloquer le panorama. Une cloche de verre a été déposée au-dessus d'elle. Elle peut tout voir, en version 3-D. C'est grand, la vie. Et l'avenir. Tout ça. C'est excitant, aussi. Et épeurant… La Grenouillette entend un début de rumeur. Des voix. Des cris. Des appels à la réalité. Une minute avant, le bonheur existait. Trente ans plus tard, il existera. La Grenouillette appuie sur le bouton *delete*. Mémoire effacée, émotions ravalées. ♪ *Aurélie, mets ton tablier, ton corsage et tes beaux souliers. La frustration et la colère ne sont pas jolies. Tu n'arriveras jamais à être aimée ainsi.* ♪

LA DAME AUX CROTTES

Il existe, sur le marché, des sacs en plastique bio-dégradable. La Dame aux crottes est ravie de savoir que la montagne annuelle de merde produite par son chien se désagrège, maintenant sans obstacle, dans l'environnement. Elle n'ose toutefois pas jeter ses jolis sacs blancs, fumants et bien noués, dans une poubelle municipale. Elle préfère les abandonner sous un buisson, l'été, et les dissimuler dans la neige, l'hiver. La Dame aux crottes n'est pas sotte. La nature ne suit pas toujours son cours. Il suffit d'un seul animal curieux ou d'un seul jardinier zélé pour contrecarrer la décomposition de ses sacs. Leur destin reste incertain. Certains seront déchiquetés et dispersés aux quatre vents, d'autres, emprisonnés dans un sac d'ordures, prendront forcément le chemin du dépotoir. Elle ne s'irrite pas pour si peu. La routine de son chien est immuable, ses arrêts, triés sur le volet, ses livraisons, satisfaisantes. Un sac d'envolé, dix de camouflés. Tels de petits cailloux, ils témoignent de son passage. Tapis dans l'ombre, ils luisent, attendant l'heure de leur mort. Leur présence enchante la Dame aux crottes, leur nombre l'encourage à persister.

Je sèmerai, un deux trois
Je t'aimerai, quelques fois
Pierres et galets
Pierre gringalet
La Dame aux crottes, sans prétention aucune,
s'identifie à Dame Nature. Ses jolis sacs blancs font
partie d'un Plan céleste et idyllique, où la Terre serait
sans cesse renouvelée, fertilisée. Activement impli-
quée, socialement dévouée, elle sait qu'elle participe à
l'embellissement de son espace urbain.

Je te jetterai, un deux trois
Je te prendrai, quelques fois
Bouteilles en mer
Bruno amer
Les voisins de la Dame aux crottes, eux, la considèrent comme un mal nécessaire, une irritation
sans traitement possible. Bien qu'on la surnomme le
Petit Poucet, parfois aussi la Folle au chien et, plus
rarement, la Sorcière murmurante, elle reste imper-
méable aux railleries. Sa mission est importante, son
œuvre, salutaire, elle ne dévie jamais de sa trajectoire
et travaille d'arrache-pied, dans la joie et la bonne
humeur.

Je languirai, un deux trois
Je t'attendrai, quelques fois
Matins cruels
Martin poubelle
La Dame aux crottes connaît le secret des arbres et
des fleurs, des insectes et des animaux, de la terre et
de la pluie, des saisons et du cycle de la vie. Elle sait
communier avec la nature et la remercier pour ses
bienfaits. Son sort est intimement lié à celui de ses sacs.

Tout est calculé, elle fait, elle aussi, partie du Dessein. La boucle sera bientôt bouclée.

> *J'expirerai, un deux trois*
> *Je renaîtrai, quelques fois*
> *Vies éphémères*
> *Victor enfer*

Il existe, sur le marché, des cercueils biodégradables. La Dame aux crottes est ravie de savoir qu'après sa mort son corps se désagrègera, sans obstacle, dans l'environnement. Sa mémoire s'effacera d'elle-même. Il ne restera d'elle que les nutriments nécessaires à l'éclosion d'une prochaine existence, plus simple, plus utile. Elle enrichira la Terre qu'elle aura elle-même engraissée et pourra enfin s'y reposer.

LE MIROIR DE JEAN-YVES

Jean-Yves possédait un miroir, aussi haut et aussi large que son mur de soutènement. Il aimait voir le loft s'y refléter. Cela lui donnait l'impression d'être deux fois plus riche et de régner sur l'appartement de son voisin. Il avait les moyens de se payer une femme de ménage, mais lui interdisait de nettoyer sa précieuse glace. Il se chargeait de cette tâche, dans la joie et la dévotion.

Son miroir était incassable, *or so they said*. En cette ère d'obsolescence planifiée, l'éternité ne durait qu'un temps ; au-delà de la garantie prolongée, point de salut ! Torturé par l'angoisse, Jean-Yves gardait son *Pepto-Bismol* et une loupe hyper puissante à portée de main.

Au boulot, au repos et dans les loisirs, Jean-Yves ne tolérait pas les mots : craque, fissure, fêlure, lézarde, craquelure, entaille, fente, strie, rainure et anfractuosité. Brrr. Les évoquer suffisait, Jean-Yves en était persuadé, à provoquer un malheur. Il était très superstitieux.

Un jour, en vrai père poule, il s'offrit une frivolité qu'il plaça dos à son joyau, de façon à parer les coups, si l'éventualité se présentait. Ce cadeau avait deux bras, deux jambes, une tête, un cœur. Il obéissait, car tel était son travail.

Son emploi n'était pas banal. La liste des tâches à accomplir s'allongeait sur quelques pages. Toutefois, son expérience de garde du corps l'avait préparé à tout. Son client lui versait un salaire faramineux, il acceptait par conséquent ses excentricités.

Jean-Yves était un homme précis : son employé devait se tenir à un mètre du miroir, affûter son ouïe, percevoir les secousses les plus infimes, en découvrir les origines et les affronter chaque fois, s'assurer qu'elles ne se reproduiraient plus, réintégrer son poste et avertir son patron. Obligatoirement.

Jean-Yves réglait son cellulaire en mode vibration et le gardait en poche. Il en chérissait les spasmes, qui le connectaient à sa glace et le rassuraient sur son état. Communiquer avec le garde du corps signifiait qu'un danger avait été évité.

Un danger qui avait donc *existé*. Telle était l'étendue du problème. Jean-Yves se retrouvait chaque fois devant le même dilemme. La foudre pouvait frapper à tout hasard, les ponts, s'effondrer, les avions, exploser, les immeubles, s'écrouler. Les miroirs, se fracasser !

Jean-Yves quitta son propre emploi. L'amour n'avait pas de prix. Il remercia le garde du corps et prit le relai. Il avait, en lui, la force d'assumer ce qui l'attendait. Déterminé, perfectionniste, il pouvait faire aussi bien, sinon mieux, que tous ceux qui s'étaient occupés du miroir par le passé.

Oui, il en était capable, mais il était aussi un grand émotif. Il prit son devoir à cœur et omit de se reposer. Puis, de rembourser son hypothèque. Un détail pour Jean-Yves, mais pas pour la banque, qui reprit possession de son loft. Et de son miroir.

Son beau, son extraordinaire miroir. Son confident. Sa raison de vivre. Paralysé de terreur, Jean-Yves ne put imaginer abandonner son copain à des mains sales, rustres, inconnues. Il préféra le détruire.

Il lança un tabouret dans son reflet, qui explosa en mille éclats de lui-même. Il se coucha à même le corps de son ami et pleura. Il en ramassa ensuite chaque morceau et les confia à sa plus grande valise.

Compagnon fidèle, Jean-Yves, malgré ses errances, ne se sépara jamais de son miroir. Sa main resta solidement accrochée à la poignée, quitte à se battre pour sa vie. Il était l'homme le plus riche de la Terre. Son miroir était à ses côtés.

UN PARC-ÉCOLE, DEUX SILHOUETTES

Un parc-école désert. Deux silhouettes immobiles, une grande et une petite. Une ligne d'horizon brisée par un module de jeux, planté à même le sable. Un vent beaucoup trop timide. Une chaleur à couper le souffle. Et un silence estival, quelquefois perturbé par le chant lancinant de la cigale.

Close Encounters of a Third Kind.

Ça déchire les yeux.

Le temps passe et rien ne bouge.

Une Femme de vingt-huit ans. Un Garçon de quatre ans. Quelques centimètres entre les deux, l'intervalle entre la Terre et la Lune. Une tentative de rapprochement, artificielle. Une obligation ferme de ne pas détaler à toutes jambes. Une envie de vomir, de part et d'autre.

Kramer vs Kramer.

Ça frise l'insupportable.

Le soleil quitte son zénith.

Un cerveau qui fait de la surchauffe, des pensées qui s'écrasent contre les murs de l'école, un cœur qui bat pour quelqu'un d'autre. Une décision regrettée. Un deuxième cerveau, menu et inachevé, qui ne réfléchit pas, ne ressent rien et attend la fin de cette mascarade. Une âme perdue.

The Village of the Damned.

Franchement ridicule.

L'après-midi s'installe pour de bon, vivement plus tard.

Qu'est-ce que ça veut dire, qu'est-ce que c'est con, qu'est-ce que ce merdier — christ. Qu'est-ce que je fous là, qu'est-ce que vous me voulez, qu'est-ce que c'est nul — christ. Qu'est-ce qui va m'arriver, qu'est-ce qu'ils ont à m'observer, qu'est-ce que j'ai à me reprocher — christ. Une heure de retour imposée par une tierce partie. Un horaire organisé, contrôlé, une atmosphère d'hystérie et d'instabilité. Une impression, fulgurante, d'intégrer un cirque dont les rôles se réécrivent, perpétuellement. De participer à un spectacle de marionnettes, morbide et aliénant.

The Twilight Zone.

Folie pure.

Tic-tac, tic-tac, on décampe.

La Femme se lève, le Garçon aussi. Ne pas rester une minute de plus. Ni une seconde. Leurs mains se rejoignent. Il est écrit, quelque part, qu'un lien physique — corporel! — doit être créé. Une sorte d'attachement. Une connexion à haute vitesse. Rien ne circule entre eux.

Ice Age I, II et III.

Brrr.

La suite dans quelques instants.

La Femme fait monter l'Enfant dans la voiture. Elle évite de dire son nom à trop haute voix. Elle ne l'a pas baptisé ainsi, n'a rien à y voir. Quel nom prévisible. Sans classe. Banal. Comme l'Enfant, petit être au teint blafard, aux yeux accusateurs, au sourire facile. Un automate.

The Long Walk Home.

Balade harassante.

Trois coins de rue et ça y est.

Qu'est-ce que je peux lui dire — merde. C'est moi, l'adulte — merde. Ça me pèse, tout ça — merde. Je ne comprends plus — merde. Je suis piégée, quelle farce — merde. Naïve, naïve, naïve — merde. U-turns interdits, ô reine des connes — merde.

Bloc de pierre sans éclat, monstre architectural, la maison se dresse au loin. Le Garçon l'a aperçue. Terrain connu, sécurité, fin de l'intermède. Son petit monde l'attend. Un papa, une maman, un grand frère, une grande sœur, tous temporaires. Idéalisés.

Pleasantville.

Fissures.

Dieu que c'est à mourir d'ennui... Stationnement.

Le Garçon tente de défaire sa ceinture, il gigote, lutte, petite chose sans force, ses joues rosissent, la colère le fait couiner. La Femme voudrait le frapper. Elle ramène un paquet en furie. Angoissant. Elle ne veut pas y toucher, mais n'a guère le choix. Elle doit le libérer.

The Exorcist.

Grains de sable dans l'engrenage.

Trois, deux, un, action.

La Femme ouvre la portière et pose une main sur le cœur du Garçon. Petit animal aux traits humains. Elle ne dit rien, soutient son regard. L'Enfant halète et grogne. Il ne se calmera pas. La Femme le sait. C'est sans issue. Elle retire sa main, résignée.

L'Enfant sauvage.

Y a-t-il suffisamment de contenu pour écrire une histoire?

Ça s'étire en longueur. Je me casse, ne t'en fais pas — Sheldon. Je ne reviendrai pas — Sheldon. C'est une promesse — Sheldon. Ce qui t'arrivera ne me concerne plus — Sheldon. Tu étais une mauvaise idée — Sheldon. Oublie-moi — Sheldon. Tu m'es insupportable — Sheldon.

Celle Qui Se Rapproche le Plus d'Une Vraie Mère apparaît sur le seuil de la maison, les yeux rougis, les épaules voûtées, les lèvres pincées. Hésitante, elle tend les bras vers l'Enfant, qui se débat de nouveau. Clic-clac, sa ceinture se détache, il peut sortir, courir et fuir enfin. Éjection du véhicule. Envol.

The Great Escape.

Quelqu'un, ici, se fait flouer.

Le temps n'existe plus.

Le Garçon atterrit sur le trottoir, la tête la première, et s'éclate l'arcade sourcilière. Le choc passé, il se met à hurler dans un crescendo assourdissant. La Femme assiste à la scène, impuissante. Elle ne peut s'empêcher, mentalement, d'être profondément emmerdée par tout ce bruit et tout ce sang.

The Chainsaw Massacre.

Quelqu'un, ici, n'a pas sa place.

Allez, hop! On boucle, fissa!

Cernée, amaigrie, Celle Qui Se Rapproche le Plus d'Une Vraie Mère s'empare du Petit, sans faire attention au sang qui transperce sa chemisette. Le sacrifice d'une mère. La Femme, spectatrice, croise les bras sur ses seins. Seule réaction qu'elle n'aura jamais.

Au revoir, les enfants.

L'histoire ne s'écrira pas.

Fin.

ÉTHER ET LES DEMOISELLES

J'AI UN BUREAU QUI BRILLE

J'ai un bureau qui brille. Mes mains y sont posées. Elles sont belles. J'ai le souci de l'esthétisme. Mon bureau est grand. J'aime le caresser. Mes bagues ne le griffent pas. Mon bureau est lisse. Mes ongles sont bien vernis. Mon bureau aussi. J'y vois mon reflet, c'est très joli. C'est mon bureau. Je le fais bien entretenir. Je suis formidable.

Je possède ce bureau.

J'ai du travail, aussi. Je suis occupée. J'ai un agenda. Un calendrier accroché au mur. Des crayons bien rangés dans leur écrin. Un ordinateur. Des rideaux de dentelle blanche. Une cafetière en inox. Des cadres avec des photos dedans. Des employés. Je suis débordée.

C'est l'heure de travailler. Mon bureau est prêt. Moi aussi. Je ne serai pas dérangée. Ma porte est fermée. La lumière est tamisée. Tiens, mon bureau prend une teinte chocolatée dans la pénombre. C'est très joli.

J'ai plein de cahiers dans mes tiroirs.

Par exemple.

J'aime tracer des colonnes, faire des calculs, analyser. J'ai un cahier de statistiques. Je suis curieuse, j'aime écouter aux portes. J'ai un cahier d'observations.

Plein de cahiers.

J'aime ouvrir et fermer mes tiroirs. Mes cahiers sont rangés par couleur. C'est très joli. J'aime les effleurer, les ouvrir, me relire. Mon écriture est magnifique, mes idées aussi. J'aime revivre mes victoires. Je suis formidable. J'ai beaucoup de responsabilités. Je compte sur moi. Je m'écoute. Je m'apporte beaucoup de soutien. C'est important dans une équipe. Je me tape sur l'épaule. Je suis fière de moi. Je suis essentielle à mon travail. Je suis essentielle à mon travail. Mon bureau et mes cahiers aussi. Le silence est essentiel à mon travail. Je ne serai pas dérangée. J'ai mon bâton de colle, mes ciseaux. J'ai la photo du groupe. Et un nouveau cahier. Mauve. Je l'appellerai le «Cahier Mauve». C'est un cahier de comptabilité. Ses pages sont détachables. Je les ai comptées. Elles sont plus nombreuses que mes employés. Bon. J'ai de la place. Il y a toujours des surprises.

Je ne garde que les têtes et j'en colle une par page. En dessous de chacune d'elles, j'écris «janvier», «février», «mars», «avril», «mai», «juin», «juillet», «août», «septembre», «octobre», «novembre» et «décembre». J'écris l'année sur la page couverture. Je pagine mon cahier.

Je travaille fort. J'écris beaucoup. Je suis satisfaite de moi.

Je réfléchis beaucoup. Vraiment.

Par exemple.

Je me demande quelle tête tombera en premier. Le numéro «4»? Le numéro «17»? Peut-être le numéro «12»… Je n'aime pas le numéro «12», mais je ne peux pas le faire tomber comme ça. Je dois me baser sur des critères précis. Objectifs. Observables.

Mon cahier est prêt. Il est posé sur mon bureau. J'ai un bureau qui brille. Couleur chocolat. Mes mains y sont posées. J'attends. Mes mains sont belles. Mon bureau est doux. J'aime le caresser. J'attends. Allez-y. Manifestez-vous. Je suis prête. Le premier qui cognera perdra dix points. Je pourrai enfin entamer mon Cahier Mauve. Mauve et chocolat, c'est très joli. Je pourrais aussi me choisir un crayon assorti à mon bureau. Très bonne idée. Je suis formidable.

LE *MONT QUELQUE CHOSE*

Julie est assise dans une cabine du remonte-pente et tient solidement ses bâtons. Elle évite de balancer ses skis et surveille attentivement la butte d'arrivée, signe d'un nouveau départ dans sa vie — ou, plutôt, annonce d'un moment charnière ? (Nous l'ignorons pour le moment.) Nous disions : Julie surveille la butte et ses vieilles craintes refont surface. Et si l'un de ses skis se décrochait ? Et si elle n'arrivait pas à descendre de l'habitacle à temps ? Et si l'envie de faire pipi lui démangeait ? Et si elle égarait ses cartes d'identité ou attrapait froid ? Et si quelqu'un fouillait dans son casier ? Et si sa voiture était volée ? Et si elle ne savait plus skier, blessait quelqu'un, se tuait ? (Note au lecteur : La dernière fois que nous avons vu Julie dévaler les pentes du *Mont Quelque Chose*, elle avait seize ans. Elle en a actuellement trente-cinq.) Nous disions : Et si Julie se tuait ?

Un peu après Noël, l'idée de renouer avec l'altitude et la vitesse s'est mise à germer dans l'esprit de Julie. À son grand étonnement, les publicités d'équipements sportifs l'ont émoustillée au premier coup d'œil. Elle s'est surprise à consulter les prévisions météorologiques quotidiennes. (Nous croyons également que Julie s'est mise à économiser expressément pour sa réconciliation avec le ski.) Nous disions: Julie s'est surprise à consulter la météo afin que celle-ci la guide dans ses choix. La journée d'aujourd'hui a été baptisée, selon ses critères (assez génériques), «La Perfection au *Mont Quelque Chose* vue par Julie»; température adéquate, grain de neige exceptionnel, attirail *high tech*, stationnement imposant, chalet chaleureux, personnel organisé et professionnel. Sa perception de l'Idéal.

Retrouvons Julie où nous l'avions laissée: assise sur sa chaise mécanique, les yeux rivés sur ses angoisses, les tempes mûres pour l'explosion. Et si, submergée par ses questionnements, elle faisait une crise d'asthme au moment de s'élancer sur les pistes? Et si elle vomissait de peur à l'idée de s'arrêter à mi-parcours, complètement abattue? Et si elle ne ressentait plus cette liberté euphorisante liée à la descente? Et si elle n'était pas à la hauteur du *Mont Quelque Chose*? Et si elle s'était trompée à propos de l'endroit où renaître? (Note au lecteur: nous reconnaissons que le nom «Mont Quelque Chose» peut porter à confusion. Retirée du contexte, sa signification perd de sa saveur. Nous y reviendrons.)

Nous disions: Et si Julie s'était trompée? Était-elle obligée d'effectuer une sélection aussi serrée? Une seule montagne a été déracinée du lot. Révisons la liste. Julie aurait pu opter pour: 1) le *Centre Récréatif Familial et Très Chrétien*, 2) la *Montagne Échevelée*, 3) les *Bosses Jumelles*, 4) *Ski Elite Only*, 5) la *Super Station Radio Coooool 117 FM*, 6) *Équi-Glisse Ski Bio Équitable*, 7) *Pousse-Pousse, Marchettes & Planches à Neige Resort*, 8) *Frosty Mountains*, 9) *Base de Plein Air Éconoski* et, évidemment, 10) le *Mont Quelque Chose*, la station de ski qui a gagné son cœur. (Voilà, les doutes nous envahissent : les critères évoqués ci-dessus ont-ils réellement influencé Julie ?)

Reprenons le fil de son ascension. Cloîtrée dans son cockpit postmoderne, elle tente d'ins-pi-rer et d'ex-pi-rer profondément, de récupérer un semblant de raison. Les cours de yoga ne lui sont d'aucun recours. Son corps est trop attaché à son confort ; l'air se coince, s'embrouille dans sa poitrine et ne lui fournit qu'un apport insignifiant d'oxygène — le minimum vital. Son esprit reste trop cramponné aux retours en arrière ; ses émotions, émergeant et s'entrechoquant dans son cerveau, créent un désordre inattendu. (Note au lecteur : *Le Mont Quelque Chose* joue sur les tourments de Julie ; observons la suite.)

Nous disions : les émotions de Julie émergent et s'entrechoquent. Elle sait que sa descente n'empruntera aucun chemin linéaire. Elle ne sera ni un départ, ni un moment charnière, ni une renaissance. Sa descente... il faut d'abord qu'elle accoste au quai, ancre ses pieds dans le présent et franchisse les limites de sa propre bulle. Qu'elle lâche prise, glisse légèrement et freine avant qu'il ne soit trop tard. Qu'elle embrasse la vue du regard, rétrécisse son champ d'action et plonge dans l'inconnu. Qu'elle abdique devant la force du vent, le laisse pénétrer ses vêtements et équilibre le choc de la résistance. Qu'elle accepte l'engourdissement de ses doigts, autorise le fléchissement de ses certitudes et apprécie l'accélération des battements de son cœur. Qu'elle se reconnecte avec sa nature humaine, lui pardonne ses irrégularités et accueille l'avenir tel qu'il se présente : incertain et inconstant.

Il faut d'abord qu'elle trouve une utilité au *Mont Quelque Chose* et lui donne une personnalité. Il faut d'abord qu'elle le renomme, le débarrasse de ses vieilles peaux et comprenne les raisons réelles de son adoption. (Secrets, dévoilez-vous…) Il faut, il faut, mais, souvenons-nous, Julie a toujours le derrière collé au siège du remonte-pente! Le temps ne s'est pas projeté à sa proue, ne s'est pas dissout en tergiversations. Tic-tac, tic-tac, Julie a besoin d'un coup de pouce pour se propulser, tic-tac, les secondes s'écoulent et déguerpissent, tic-tac, il s'agit de ne pas être en avance, tic-tac, il ne s'agit pas non plus d'être en retard, tic-tac. (Julie va manquer sa sortie. Ce serait une première pour le *Mont Quelque Chose*.)

Nous disions: il s'agit de ne pas être en retard, tic-tac, encourageons Julie à descendre, tic-tac, c'est l'heure, tic-tac, poussons-la à oublier son style et sa grâce, tic-tac, forçons-la à s'échouer, quitte à ce qu'elle gâche son entrée dans le monde, tic-tac, promettons-lui tout ce qu'elle veut, n'importe quoi, tic-tac, qu'elle se lève et évacue la cabine, tic-tac. (Mais pourquoi s'acharner? Peu importe les moyens, Julie atteindra, un jour ou l'autre, le pied du mont.) Tic-tac. *Mont Quelque Chose*, Julie te surnomme dorénavant le *Mont Non Escaladé. Le Mont Balayé du Revers de la Main. Le Mont de l'Échec Cuisant. Le Mont de l'Irréparable. Le Mont du Jugement Dernier. Le Mont de l'Inséparable Boulet.* (Remercions sa richesse de vocabulaire.)

Julie est assise dans la cabine du remonte-pente et laisse tomber ses bâtons. Elle remue ses skis et détourne le regard de la butte, signe d'une nouvelle dépression — ou, plutôt, annonce d'un ultime éclair de lucidité ? (Nous l'ignorons pour le moment.) Nous disions : Julie détourne le regard et le silence s'installe dans sa chair, cellule par cellule. Et si demain ne se dessinait par sur les courbes du *Mont Quelque Chose* ? Et si elle se mettait à un nouveau sport ? Et si elle se regardait exister ? Et si elle était, et si elle était — (Note au lecteur : La dernière fois que nous avons vu Julie se fermer aux bruits extérieurs, elle avait seize ans. Elle en a maintenant trente-cinq.) Nous disions : Et si Julie était, tout simplement ?

LE MALHEUR NE S'ATTRAPE PAS, MÊME SI ON LE REGARDE DANS LES YEUX

Joséphine parle beaucoup, à tout le monde, tout le temps. Elle s'ouvre, se révèle et supplie. Mais eux, ils lui tournent le dos. Ils ne sympathisent plus. Elle s'accroche. Combien de semaines reste-t-il avant la fin ?

Joséphine fait des appels téléphoniques, envoie des courriels. Elle rappelle à tous son existence. L'espoir de voir l'humanité prendre le dessus l'incite à persévérer. Elle oublie les convenances et fonce tête baissée.

Elle joue sur tous les plans : la manipulation, les insultes, le harcèlement, la minauderie. Elle les interpelle et les accuse tous, dans l'ordre ou dans le désordre : sa famille, ses collègues, ses amis, ses voisins, ses clients, sa coiffeuse, son garagiste, son notaire, sa comptable, son camelot.

Ils sont tous :

– Peinés de la situation,

– Touchés par son malheur,

– Lâches,

– En santé,

– Occupés ailleurs,

– Égoïstes,

– Mortels,

– Irrités d'être rappelés à l'ordre,
– Contrariés de savoir leur mémoire rafraîchie.

Joséphine lutte contre l'inertie. Elle avance, les pieds vissés dans le ciment, acharnée et le cœur brisé. Le combat est perdu d'avance. Leur carapace est faite de téflon et de pierre. Fascinés par leur nombril, ils fonctionnent sur le pilote automatique. L'instant présent les garde en vie. Le sort des autres ne les concerne pas.

Vous me décevez, tous autant que vous êtes. Vous me dégoûtez. Pourquoi me confier la totalité du fardeau? Épargnez-moi. Je suis seule et je fais tout. Je n'ai que deux bras!

Elle vous espère encore. Le silence et la solitude la tuent plus efficacement que la maladie. Vous êtes en partie responsables de sa déchéance. Elle n'en peut plus de se creuser la tête, vous savez, elle n'en peut plus de se demander la raison de votre absence. Elle vous a tant donné! Soyez chanceux qu'elle ne vous traite pas de bébés gâtés. Soyez heureux de rester dans ses bonnes grâces!

La mort vous effraie. Vous la tenez à distance. C'est contagieux, le malheur, il faut l'éviter, n'est-ce pas? La mort est là, maintenant, et elle vous attend! La mort est en vie, elle est encore capable de lire un roman, de rêvasser près de la fenêtre, de manger, de vous aimer, de vous sourire.

Je voudrais vous secouer comme des pruniers, vous attacher de force, vous amener à elle, vous ordonner de l'embrasser, de lui caresser le visage, de la coiffer, de lui tenir le bras, de lui changer les idées, d'essuyer ses larmes, de la bercer, de lui lire les nouvelles du jour, de lui chanter ses airs favoris, de l'aider à se nourrir, de

*la débarbouiller, de la promener dans la cour arrière,
de lui faire des promesses, de l'écouter revivre ses souvenirs, de vous asseoir à ses côtés, de l'accompagner
jusqu'à la porte d'embarquement.* Je suis à bout de souffle, mais je tenterai de vous
convaincre jusqu'à la fin. Le malheur ne s'attrape pas,
même si on le regarde dans les yeux. Je vous passe le
flambeau, venez goûter à votre propre fatalité. Venez
lui rendre visite. Enlevez ce poids de mes épaules.
Vous êtes tous pourris.*

Joséphine tient sans cesse le même discours. Elle
place ses virgules aux mêmes endroits, soupire à intervalles réguliers, laisse les trémolos brouiller sa voix, se
tord les mains à chaque invective, rit nerveusement
quand elle parle d'elle-même. Sa cassette joue, encore
et encore, la complainte est redondante. Joséphine
est une automate qui vit, respire, marche, maigrit, se
détraque, s'éclipse, s'éteint.

Son bras est coincé dans l'engrenage. Elle a signé
un contrat irrévocable avec la mort. Son engagement
est à sens unique. Jamais, elle ne ressortira grandie
de cette expérience. Jamais, elle ne se verra remerciée
pour son sacrifice. Jamais, elle ne survivra à sa propre
dégringolade.

Ils :

– Ne compatiront pas,

– Ne lèveront pas le petit doigt,

– Fermeront les yeux,

– Changeront de trottoir à sa vue,

– La regarderont s'enliser,

– Resteront dans leur confort,

– La laisseront se tuer à la tâche,

– Oublieront ce fâcheux événement,
– Ne se feront plus casser les oreilles,
– Vivront.

Tous pourris, je vous dis.

LA LALA, HA HAHA

Éther marche, calcule ses poses, sourit et ajuste sa féminité, la couette au vent, les mains relevées, la fesse rebondie, la lala, ha haha, bonjour, comment ça va, allez, au revoir!
Pause.
Sa collègue observe et soupèse l'image offerte. Ça grince.
Éther est une étoile filante, une savonnette qui vous glisse entre les mains, vous voulez lui parler que déjà elle est partie, la lala, ha haha, hop, je vous laisse, à plus!
Pause.
Sa collègue pense: peut-être y a-t-il plus que l'image offerte. C'est louche.
Éther a pris l'habitude de luncher au parc, pas celui-là, l'autre, plus loin, elle part tous les jours à midi, son petit sac sous le bras, la lala, ha haha, hou, ce que j'ai faim!
Pause.
Sa collègue la suit et comprend: il y a vraiment plus que l'image offerte. C'est clair.
Sur son banc, Éther relâche sa posture, réintègre son corps, enlève son masque, libère ses cheveux, roule ses manches, écarte les jambes. Sur son île, elle s'allume une cigarette, regarde les jolies filles, leur fait un

clin d'œil, reluque leur derrière, rit dans sa barbe, se
fait son cinéma. Sur sa planète, Éther devient Éther,
flotte et exulte, savoure le temps qui passe, dévore son
dîner et se lève, comblée.

Le voile s'est levé.

Sa collègue le rabat.

Éther est une comédienne, c'en est une tragédie,
elle est un monstre d'insécurités, c'en est une catastrophe, la lala, ha haha, je suis nulle, nulle, nulle, ah, ce
que je m'énerve !

Pause.

Sa collègue porte maintenant son secret. Lourd.

Éther se noie dans le travail, s'en invente, s'en fait
des remparts, s'embrouille, tente d'échapper au temps
mais réussit rarement, la lala, ha haha, déjà cinq heures,
merde, déjà cinq heures !

Pause.

Sa collègue pense : je suis seule à savoir. Pénible.

À la pause, Éther, au lieu de se cacher derrière son
ordi ou d'hyperventiler aux toilettes, s'échappe parfois
au bistro du coin, la lala, ha haha, un café, quelqu'un,
c'est ma tournée !

Pause.

Sa collègue la suit et comprend : Éther ne parlera
pas. Douloureux.

Sur son tabouret, Éther se réapproprie son identité, commande un espresso, flirte avec la serveuse,
observe ses mains, son corps, ses jambes travailler.
Dans son propre monde, elle trouve le courage de respirer et d'exister, de roucouler pour une autre femme,
d'afficher ses goûts, ses couleurs, son appétit. Parmi les

siens, Éther est toujours Éther, authentique, entière, à
mille lieues de son autre visage, artificiel et sans vie.
Le voile s'est levé.
Sa collègue le rabat.

Éther aime bien sa collègue, celle-ci est gentille et
ne pose pas trop de questions, Éther ne lui fait toute-
fois pas confiance, la lala, ha haha, c'est super chouette
de discuter avec toi, O.K., *ciao*!
Pause.
Pause!
Sa collègue voudrait lui dire : je serai là le jour où tu
en auras besoin.
Aussi : Éther, petit soleil, grande incomprise, sors
un peu de toi!
Et puis : tu sais, je suis comme toi.
Enfin : je ne te mettrai jamais dans l'embarras.

Éther ne peut s'ouvrir davantage, c'est trop tôt, ses
barrières sont solides par nécessité, impraticables par
choix, la lala, ha haha, t'es gentille, mais je suis super
occupée, on se reprend, d'ac'?
D'ac.

ESPERO ET LES DEMOISELLES

UN POUR TOUS ET TOUS POUR UN...
PLUS UN

Le site, sauvage, féerique, est d'une beauté à couper le souffle. Les jours de brouillard, la rivière fait penser à un champ de bataille abandonné, avec ses esprits égarés flottant à la surface ; en plein soleil, elle garde son aspect mystérieux, impénétrable, et peut-être aussi, dangereux. Pourtant, ses courants capricieux et ses bancs de sable hypocrites sont devenus le terrain de jeu favori d'une bande d'initiés qui tentent et retentent, la nuit tombée, de la traverser.

Leurs défis se complexifient chaque fois, mais ils savent rester groupés et veiller les uns sur les autres. Quand un des leurs pense, un deuxième réagit, un troisième subit. Quand un des leurs s'émeut, un deuxième pleure, un troisième se berce. Quand un des leurs s'écorche, un deuxième souffre, un troisième panse la blessure. C'est une équipe tricotée serré, hermétique et imperturbable, avec ses codes secrets et son éthique propre. Un pour tous et tous pour un.

Plus un : l'éclaireur. Extrêmement utile, mais extérieur à l'expérience. Stoïque, il attend sur l'autre rive, un projecteur à la main. Il ne met jamais les pieds à l'eau. C'est un guide, un réverbère, c'est une colonne, un mur des lamentations. Il est là, ce n'est pas le chef, mais ce n'est pas non plus un pantin. Il pourrait presque passer inaperçu. Un pour tous et tous pour un... moins un.

Parfois, il s'imagine vêtu d'un *wetsuit*, participant à l'effort collectif, nageant à gauche ou à droite de ses coéquipiers, communiquant avec eux par télépathie, anticipant leurs mouvements, évitant les écueils, conservant son énergie, atteignant la terre ferme et partageant la victoire, mais ce scénario est inenvisageable, l'éclaireur se heurte sans cesse à ce tableau idyllique et peine à s'y transposer.

Parfois, il se voit, les deux mains dans les poches, marchant dans la forêt, loin de la rivière, des autres, de son histoire, libéré de toute culpabilité, les idées claires, le cœur heureux et les épaules allégées, mais ce scénario est irréalisable, l'éclaireur se heurte sans cesse à ce tableau idyllique et peine à s'y insérer.

Parfois, il croit avoir trouvé sa place, celle qui lui revient, celle qu'il a recherchée, longtemps, dans les replis de son âme, à chacune de ses rencontres, mais ce scénario est utopique, l'éclaireur se heurte sans cesse à ce tableau idyllique et peine à s'y glisser.

L'éclaireur l'admet, le monde ne viendra pas à lui, il devra bouger lui-même les pièces de son échiquier. Modifier sa réalité. Faire les premiers pas. S'extraire de lui-même. Patienter. Savoir se reconstruire, une journée à la fois. Ne pas trop espérer. Les changements sont rarement visibles à l'œil nu.

L'éclaireur le conçoit, le projecteur est sa porte de sortie, il ne réussira pas sans lui. La forêt regorge de vieilles souches et de rochers ; il se choisit une plate-forme suffisamment solide pour y déposer son appareil. Il l'allume ensuite, dirige son faisceau vers la rivière, se cache pour épier les nageurs et, surtout, pour confirmer l'inutilité de sa présence en ces lieux. L'éclaireur le reconnaît, rien ne se passe — jamais — comme prévu. L'équipe se désorganise dès sa plongée ; la lumière ne balaie pas la surface de l'eau, elle reste fixe et contraignante. Tels des papillons, les nageurs laissent tomber leur position habituelle et se rabattent sur son rayon immobile, en oubliant l'esprit qui les anime et l'affection qu'ils se portent les uns aux autres. Chacun pour soi, quitte à couler celui qui précède. C'est une question de survie. L'éclaireur sort de sa cachette et récupère son projecteur. Ils ne sont pas prêts. Il laisse éclater son rêve et reprend son rôle. Ils ne sont pas prêts. Il étouffe sa colère et agite le faisceau. Ils ne sont pas prêts. L'éclaireur prend son mal en patience et accueille les premiers nageurs.

Ils ne sont pas prêts.

Ils ont besoin de lui.

Un pour tous et tous pour un... plus un.

Pour le moment.

— Tu pleu-pleurniches encore?

Sorella tranche. Juge et jury, elle a droit de vie ou de mort sur tout ce qui bouge. Elle possède la Vérité. Elle a raison à tout coup. Elle a RAISON, d'accord? Si elle considère que Hermanita pleu-pleurniche, nul ne peut modifier sa position. Hermanita se prosterne devant sa clairvoyance.

— Tu peux faire moins de bruit?

Sorella commande. 'Mam, yes 'Mam, les ordres sont les ordres, Hermanita ne veut pas la gêner. Son vernis social ne doit pas être écorché, elle s'effondrerait, désarmée. L'horreur. La honte. Hermanita se plie à son bon désir. Après tout, elle est son amie et ferait tout pour elle.

— Mouche-toi, ça coule!

Sorella se détourne, dégoûtée. Hermanita la comprend, on le serait à moins. Elle aime Sorella, son mépris, fortement éducatif, l'ombre que celle-ci projette sur sa vie et sa façon de rejeter ses inspirations du revers de la main. Elle aime sa haine, passionnée, violente, pour ce qu'elle est.

— Dépêche-toi!

Sorella ouvre la voie et devance Hermanita de plusieurs pas. Elle, la chieuse, la chialeuse, la brouillonne, la laideronne, l'imbécile, la suit, le cœur coincé dans la gorge — il doit redescendre. Ce n'est pas le temps ni l'endroit. Sorella est plus importante qu'elle.

— Merde, mais qu'est-ce que tu fous?

Sorella est en colère, maintenant. Hermanita l'a provoquée! Non, oh non, ses yeux, mon Dieu, ses yeux vont la foudroyer sur place! Elle va se transformer en statue de sel et se dissoudre — océan d'affliction. Elle accélère la cadence, rejoint son amie. Par prudence, par respect, elle reste quelques centimètres derrière elle.

— Tu as fini de morver?

Hermanita se met à rigoler. Ce que Sorella peut être comique, quand elle s'y met! Oui, oh oui, elle a fini. Bye-bye tristesse, bye-bye douleur, ce qu'elle peut être lourde, la Hermanita! La journée appartient aux deux copines, si proches l'une de l'autre. Hermanita portera les paquets de Sorella.

— As-tu ta liste?

Hermanita sourit bêtement. Sorella reconnaît son existence. Tant d'attention, c'est trop d'un seul coup. Son amie se soucie d'elle. La vie est légère et douce, elle peut relâcher sa vigilance et privilégier ses propres intérêts.

— On commence par qui?

Sorella tend son piège, subtilement. Hermanita, le cœur mou comme de la guimauve, se laisse harponner, fatalement. Bonne deuxième, bonne dernière, bonne à rien, bonne pour personne, elle ne réfléchit pas et déroule le tapis rouge. Son amie s'y essuie les pieds et part en chasse. Sa liste est longue.

— Tu viens?

Hermanita entend sa bulle de bonheur éclater — distinctement. Bien dressée, elle baisse le menton, mais cette fois-ci avec une variante : les résidus de sa bulle restent plaqués aux parois de son esprit. Elle remue la tête, en vain, pour les décoller. Étonnée, elle pouffe de rire.

— Je suis drôle ?

Hermanita est en état de choc — une version créative et toute personnelle d'un état de choc. Elle ne s'écroule pas, ne se fige pas. Elle ne se griffe pas le visage, ne s'arrache pas les cheveux. Secouée de spasmes, elle se tient les genoux et glousse à en pleurer.

— Je t'amuse ?

Hermanita regarde son amie, elle l'observe vraiment, et s'esclaffe de plus belle. Son imagination lui joue des tours. Sorella possède maintenant un nez de clown et des souliers de Patof. Hilare et incapable de parler, Hermanita pointe un doigt tremblant sur elle. Les joues de Sorella changent de couleur.

— Arrête.

Hermanita se redresse et prend plusieurs respirations. Plus elle se concentre, plus elle échoue à se calmer. Dieu que c'est libérateur, ce moment de folie passagère. Dieu que c'est exquis. Rafraîchissant. Des larmes plein les yeux, elle croise le regard de Sorella, piquée au vif.

— Hermanita.

Hermanita s'approche de son amie, lui caresse la joue, lui baise le front. Elle se retient de la gifler ou de lui botter le cul. Elle s'empêche de lui cracher à la tronche ou de lui péter les ongles. Elle refuse de lui crier ses quatre vérités ou de l'inonder de reproches.

— Recule, tu pues.

Hermanita retrouve son sérieux. Un vent froid remonte sa colonne vertébrale, cristallise son cerveau, engourdit ses élans d'affection et cautionne ses prochaines actions. Merci, Sorella. Hermanita ne pouvait trouver mieux comme porte de sortie. Ou comme porte d'entrée. Sa liste est longue et la vie est courte. *Ciao, principessa*!

— Où tu vas?

Hermanita pousse un soupir, se penche, soulève son tapis rouge, récupère les miettes de son intégrité piétinée, déstabilise Sorella, enroule sa carpette et se la place sous le bras. Sans un mot, elle se met à marcher au hasard des boutiques, seulement accompagnée d'elle-même. Et de ses désirs. La sensation est étrange.

— Je te parle, merde.

Hermanita consent à sa nouvelle surdité. Elle ignore le caniche qui jappe à ses côtés et lui mordille les mollets. C'est une belle journée. Elle peut décider de continuer, elle peut aussi faire une pause. Elle sort un papier de sa poche, le consulte, le déchire et le jette. Sa liste est échue.

— Je suis là.

Hermanita veut innover, elle veut aussi se bonifier. Elle veut renaître, elle veut aussi être heureuse. Ce moment est à marquer au fer rouge, dans son corps, dans son âme, sur sa peau, dans le ciel, dans sa mémoire, partout. Elle s'immobilise devant la vitrine d'un tatoueur et goûte à son destin.

— Un tatouage, t'es folle?

Hermanita prend l'avant-bras de Sorella, doucement mais fermement, la traîne sur quelques mètres, l'assoit sur un banc et lui tapote la tête. Tais-toi. Gentil toutou. Elle a besoin de tout le silence du monde pour accueillir les mots qui s'imposent à elle. Elle se fera graver *luz y libertad* sur son biceps gauche.

CHATOUILLER LE VENTRE
DE L'ARAIGNÉE

Avoir envie d'une histoire douce, d'un récit de boisés, de baies rouges et de gouttes de rosée. D'un conte de fées moderne à la sauce campagnarde. D'une allégorie tout à fait innocente.

Avoir envie d'un répit libre de symboles, d'une fable amorale, d'une récréation inconséquente. D'un chalet isolé. D'une rivière à mes pieds. D'une araignée sur mon accoudoir.

Avoir envie d'immobilité.

Le vent mugit, je n'arrive pas à reprendre ma respiration.

On peut mourir de vieillesse à n'importe quel âge. Par usure.

Avoir envie de quelques notes de piano, d'une mélodie à fredonner, d'un espace pour souffler. D'un bout de nature vert tendre ou, plutôt, vert forêt. D'une sainte paix accordée sans discuter.

Avoir envie de cisailles et de marteaux piqueurs, de masses et d'engins destructeurs. De chaînes rompues. De boulets fendus, ouverts, éclatés. De portes coincées, qui laissent passer l'air.

Avoir envie de liberté.

Le vent tourne, je n'arrive pas à garder mon équilibre.

On peut vivre sans jamais avoir atteint le fond. Par évitement.

Avoir envie de faire corps avec le fauteuil, d'atteindre l'inertie totale. D'écouter mon cœur battre, de sentir mon sang circuler. De reprendre contact avec mon côté brut, détaché.

Avoir envie de laisser entrer, un à un, les parfums qui m'environnent. De me saouler aux essences d'épinette et de sous-bois, de terre mouillée et de feuilles en décomposition, de fruits trop mûrs et de fleurs gorgées de soleil.

Avoir envie d'hyperréalité.

Le vent s'intensifie, je n'arrive pas à m'abriter.

On peut inspirer et expirer superficiellement, puis survivre. Par instinct.

Avoir envie de tolérer la présence de l'araignée sur mon bras. De la regarder poursuivre son chemin, braver les obstacles, garder courage, s'échiner sur des problèmes insolubles.

Avoir envie de la déranger, juste un peu, pour voir. De lui faire perdre quelques secondes de son précieux temps. De perturber son existence, d'y insérer quelques tranches de vie inutiles mais formatrices.

Avoir envie d'insensibilité.

Le vent envahit chaque espace, je n'arrive pas à ajuster ma vision.

On peut mettre un seul orteil à l'eau et s'y noyer. Par inadvertance.

Avoir envie de ramasser le premier objet qui me tombe sous la main, une brindille, une plume, n'importe quoi. Avoir envie d'écouter mes pulsions, ma colère. Et de passer à l'acte.

Avoir envie de chatouiller le ventre de l'araignée. De jouer avec ses nerfs. De la provoquer. De la rendre folle. D'étirer ses pattes. De la faire trébucher. De la voir souffrir.

Avoir envie de cruauté.

Le vent travestit le panorama, je n'arrive pas à retrouver ma route.

On peut s'adapter et toujours plier. Par absence d'intégrité.

Avoir envie de franchir la prochaine étape, de me déconnecter complètement, de déconner définitivement, de péter les plombs. De frôler l'hystérie. D'en oublier des bouts.

Avoir envie de catapulter l'araignée, de la traquer dans tout le chalet, de la condamner à mort. D'entreprendre une chasse à l'homme. De la retrouver. De l'écraser.

Avoir envie d'atrocité.

Le vent devient tornade, je n'arrive pas à m'enraciner.

On peut décider de sa vie sur un coup de dé et blâmer autrui. Par désintérêt.

Avoir envie de me ficher royalement du sort de l'araignée. De posséder une pensée unidimensionnelle, sans remords, sans passé, sans attaches. Enfantine.

Avoir envie de me foutre en l'air, de tout foutre en l'air, de saboter mes acquis, de nier mes expériences. D'enclencher un effet domino, d'en être la cause et la conclusion.

Avoir envie d'irréalité.

Le vent ne se calmera pas avant longtemps, je n'arrive pas à en être troublée.

On peut continuer de marcher, même agonisant. Par habitude.

Avoir envie d'une histoire enchantée avec des bons et des méchants. D'une fiction réelle avec des araignées plus ou moins innocentes. D'une métaphore contaminée mais instructive.

Avoir envie d'une pause qui s'éternise. D'une cabane au fond des bois. D'un exutoire pour me défouler. D'un fauteuil pour me déposer. D'un espoir auquel me rattacher.

Avoir envie de crédulité.

Le vent souffle de son propre chef, je n'arriverai jamais à l'emprisonner.

On peut s'obstiner, les bras ouverts, à accueillir la brise, même violente. Par pur masochisme.

ESPERO, CELUI QUI DÉMÉNAGE, INC.

Nous souhaitons, cette fois-ci, que le personnage soit masculin ; un homme, un transgenre, une *butch*, peu importe. Nous l'appellerons Espero, parce que : pourquoi pas ? Nous utiliserons le genre masculin pour ne pas alourdir le texte, même si Espero, en termes de poids, est tout le contraire de la légèreté.

Nous désirons, cette fois-ci, autre chose qu'une évolution psychologique en guise de nouvelle ; pas d'histoire de filles, pas de déboulement d'émotions. Nous inventerons un récit rempli d'actions et de testostérone, de sueur très très mâle et de muscles tendus pour notre cher héros, Espero !

Nous espérons, cette fois-ci, qu'un gagne-pain noble et valorisant soit attribué à notre personnage, qui le mérite amplement. Nous lui fournirons un corps d'albâtre, une carrure de footballeur, un visage découpé au couteau, un regard vif mais placide, des mains douces, toujours crémées.

Espero sera déménageur. Plus précisément, chef déménageur. Il vivra quotidiennement de grands malheurs et tentera de les surmonter grâce à son courage ; il deviendra le *boss* d'une troupe de têtes d'ampoules.

O.K. Tout est en place. Les aventures d'*Espero, Celui qui Déménage! Inc.* peuvent commencer. Action!

Ce matin, comme tous les matins, Espero se tient devant sa flotte de camions, cigarette au bec, et organise sa journée; répartir ses gars selon leur maturité, leurs réactions face à l'imprévu et, surtout, leur capacité à lire l'heure et le nom des rues représente un défi titanesque. Espero le relève avec brio.

L'as du *dispatch*!

Face à lui s'aligne nonchalamment la pire bande de nuls que Dieu ait pu créer. Bien sûr, le plus con brille par son absence, ce qui est un moindre mal. Deux abrutis valent mieux que trois cruches. Espero le sait bien, mais il a tout de même besoin de trois paires de bras par camion. Les équipes de déménageurs sont ainsi faites: un qui pilote, deux qui obéissent.

Le champion du calcul!

Espero sait aussi autre chose: son métier est un métier d'adaptations. Aujourd'hui, il doit participer à l'effort commun. Il est d'un côté heureux de se dérouiller les membres, de l'autre inquiet d'attraper la bêtise au contact de ses employés. Dans ces moments éprouvants, il va puiser au fond de lui-même toute la force et la confiance nécessaires pour affronter l'adversité.

Le sauveur de la compagnie!

Au volant de son camion, Espero tente de garder ses idées claires. Rester zen demande un effort surhumain. La présence de ses deux consanguins de coéquipiers lui pourrit l'air, littéralement. Il le sent, il va encore réparer leurs idioties. Les réprimander lui donne la migraine, mais fait partie de son travail.

Le roi de la tolérance!

Espero est un philosophe du quotidien. Il accepte ce qu'il ne peut changer, quitte à souffrir. Il doit remplacer un employé à la dernière seconde? D'accord. Il doit jouer au papa-patron avec ses subalternes? O.K. Il doit superviser chaque étape de chaque transport de chaque équipe? Parfait. Il doit passer lui-même pour un imbécile aux yeux de ses concurrents? S'il le faut.

Le virtuose de la naïveté!

Ses journées se terminent toutes de la même façon, peu importe leur déroulement: la flotte d'*Espero, Celui qui Déménage, Inc.*, réintègre, en désordre, les garages de l'entreprise. Les employés se dispersent, indisciplinés, hilares, et lui laissent l'odieux de l'ouvrage: sortir chaque camion, le stationner parfaitement, le nez devant, déjà prêt pour le lendemain.

Le génie de la prévention!

Quelle nouille!

Espero, Celui qui Déménage, Inc.!

Quel crétin!

Nous souhaiterons, la prochaine fois, que notre héros se déshumanise complètement. Avoir les mains soyeuses, chez un déménageur, est ridiculement inutile. Un peu de couilles, nom de Dieu! Un peu de rudesse! De violence! De froideur! De rigidité!

Nous aimerons, la prochaine fois, qu'une révolution s'installe dans l'inconscient d'Espero. Ha! Quelle bonne blague! Tant qu'à y être, nous pourrions aussi faire disparaître l'imbécillité humaine et insuffler un peu de bonté aux bébés naissants.

Ha!

Laissons tomber. Nous préférerons, la prochaine fois, qu'Espero reste con. Qui s'en plaindrait ? Certainement pas lui.

Quel innocent !

EMMANUELLE CORNU

Mes histoires, elles dormaient toutes dans une boîte à idées, le temps d'être sélectionnées et cueillies. Elles attendaient sagement, comme les papillons de verre d'Eluda-Louisiana, un des personnages de mon livre *Jésus, Cassandre et les Demoiselles*. Je les ai mises au monde les yeux fermés, sans connaître leur destin, et maintenant, elles volent de leurs propres ailes.

Je les regarde mûrir. Elles passent de main en main : de l'éditeur au réviseur, du graphiste à l'imprimeur, du libraire au lecteur. Elles ne m'appartiennent plus. Elles ont habité ma vie durant plus de trois ans — plus de mille levers aux aurores. Dorénavant, une histoire à la fois, elles grandiront en chacun de vous.

JACQUES PAYETTE

Peintre autodidacte, Jacques Payette est né à Montréal, en 1951. Depuis le début des années soixante-dix, il a exposé dans plusieurs galeries à Montréal et à travers le Canada. Son travail comprend surtout des tableaux à l'encaustique, technique difficile qu'il maîtrise toutefois avec une habileté tout à fait remarquable et qui confère à l'œuvre une dimension mystique. Peu importe les sujets qui l'inspirent, Jacques Payette exploite à la perfection la dualité, physique et métaphysique, à laquelle l'être humain fait face.

ACHEVÉ D'IMPRIMER EN AOÛT 2012
SUR DU PAPIER 100 % RECYCLÉ
SUR LES PRESSES DE MARQUIS IMPRIMEUR,
MONTMAGNY, QUÉBEC.